内容简介

和家胜被誉为云南的“短诗王”。他的诗唯美、率真、精练、明丽，诗风自成一家。其以擅长写抒情哲理短诗而著称。本诗集收录了作者从事诗歌创作以来能代表自己诗歌风格的作品200首（其中“微型诗一束”收录了作者自己精心挑选出的优秀微型诗80余首）。和家胜的诗，像云南的山山水水一样，简单中演绎着纷繁，明丽中释放着朴素，温润中透露着刚毅，冷艳中饱含着热烈。其独特的诗风，从一个侧面，彰显着中国百年新诗的魅力。读他的诗，我们仿佛能看到一张张向我们迎面而来的洒满阳光的笑脸。

作者简介

和家胜，男，纳西族，当代诗人，学者，云南省丽江市人，云南大学教授（三级），硕士研究生导师，云南省作家协会会员。1982 年 2 月毕业于云南大学中文系汉语言文学专业（七七级）。曾任《云南大学学报》主编、云南大学党委宣传部副部长、云南大学国际现代设计艺术学院院长、云南大学艺术与设计学院党委书记。主要从事文学、艺术学、新闻学研究和诗歌创作。所上课程有“大学国文”“新闻写作与编辑”“设计文案写作”“思想道德修养与法律基础”“形势与政策”等。曾出版诗集《我的五月》《最美丽的等待》《回到故乡，大地一片金黄》《和家胜诗选》《和家胜作品选集》，并在国内报刊上发表诗歌作品 300 余首。曾出版学术专著《报纸编辑艺术》《新闻写作与编辑》《魂系东陆园——和家胜新闻作品论文选》《艺术教育知行录》。2004 年 10 月，其主持的科研课题“云南大学艺术设计专业人才培养的创新机制与实践”（第一责任人），曾荣获教育部颁发的国家级教学成果二等奖。

作者近照

和家胜唯美诗歌二百首

HE JIASHENG
WEIMEI SHIGE ERBAI SHOU

和家胜 著

云南出版集团
云南人民出版社

图书在版编目（CIP）数据

和家胜唯美诗歌二百首 / 和家胜著. -- 昆明 : 云南人民出版社, 2019.10
ISBN 978-7-222-18530-2

Ⅰ. ①和… Ⅱ. ①和… Ⅲ. ①诗集—中国—当代 Ⅳ. ①I227

中国版本图书馆CIP数据核字(2019)第191814号

责任编辑：刘　焰
装帧设计：李乐乐　熊小熊
责任校对：赵富来
责任印制：窦雪松
封面题字：张　勇

和家胜唯美诗歌二百首
和家胜　著

出　版　云南出版集团　云南人民出版社
发　行　云南人民出版社
社　址　昆明市环城西路609号
邮　编　650034
网　址　www.ynpph.com.cn
E-mail　ynrms@sina.com
开　本　720mm×1010mm　1/16
印　张　22.5
字　数　150千
版　次　2019年10月第1版第1次印刷
印　刷　昆明凡影图文艺术有限公司
书　号　ISBN 978-7-222-18530-2
定　价　60.00元

如需购买图书、反馈意见，请与我社联系
总编室：0871-64109126　发行部：0871-64108507　审校部：0871-64164626　印制部：0871-64191534

云南人民出版社微信公众号

/冬日金沙江

/ 丽江古城

/ 摶

/ 希望

/ 云南大学东陆园校园

/ 翔

/辛巴

/ 傣族少女

/ 自在

/京都国际漫画博物馆阅览室

/ 日本大阪居酒屋做寿司的师傅

/ 日本和服

/ 日本京都穿和服的女孩们

/ 日本新干线

/ 希腊雅典卫城山门

/ 土耳其棉花堡

/ 土耳其卡帕多奇亚热气球

/斯里兰卡椰林

/ 斯里兰卡晚景

/ 美国夏威夷海滩

诗歌的美丽在于唤醒人内心的烂漫（自序）

何为诗？

诗即形象的语言艺术，引而不发即是诗。诗是美丽的代名词（如果美丽有颜色，你在诗里能看到）。诗是灵魂撞击的声响，是血液燃烧的火焰。是诗非诗皆以意象论之。

我写诗是从1986年开始的，即从我当知青第二年起便开始写诗了。至今，我已出版5本诗集，并在各类报刊上发表诗歌300余首。我父亲今年已86岁，他至今仍记得我写的一句诗句，那就是我读大三时，发表在《云南日报》"花潮"上的诗歌《致清洁工》中的最后一句："因为在他们的心田里镀着最洁白的月光。"因为这句诗有一个美丽的意象，所以我父亲记住了。

何为诗歌的意象？

意象即客观物象经过创作主体独特的情感活动，而创作出来的一种艺术形象。"意"即思想、意义（"垂帘听政"）；"象"即图像、实物（"抛头露面"）。好的诗歌意象，虽然二者如影随形，但呈现在读者面前的往往只有"垂帘听政"而无"抛头露面"，其可起到引而不发、奇思妙想、回味无穷的艺术效果。而制造意象的主要表现手法有比喻、通感、象征、夸张、词语超常搭配等。一句话，写诗就是诗人脑袋要换频道，一定要用诗歌语言即意象来写诗。只有这样，写出来的诗才有诗味，才是好诗。

何为诗人?

诗人，即永远穿着开裆裤行走江湖的人。

真正的诗人，他们有担当、有情怀，不虚美、不隐恶，内心极其纯净，都有一颗美好而朴素的心灵。诗人，是激情教主；诗人身上，永远有光。

诗歌有何功用?

诗歌的美丽在于唤醒人内心的浪漫。诗歌可让人的心灵不死。诗歌是安顿人灵魂的地方。

对于社会，诗歌具有赞美、激励、批判、维持平衡的作用；对于诗人，诗歌具有挑战自我、升华自我的功能。

诗歌的最高境界,是创造新的价值观和新的生活方式。

我追求何种诗风?

我追求的诗风可具体概括为唯美、率真、精练、明丽，即浪漫主义诗风。或简言之，我追求的诗风是：明丽。

“人生缘何不快活，只因未读苏东坡。”我最喜爱的诗人和词人是屈原、李白和苏轼等。我常被他们“虽九死其犹未悔”的豪放、旷达的诗风与词风而感动得热泪盈眶。由于人生经历和工作环境的原因，我喜欢写充满正能量的抒情哲理短诗。

我写诗，追求与众不同。其既要有传统韵味，又要有现代感。我写诗的底线是：诗贵含蓄。写出来的诗一定要有诗味，如果写出来的诗不美，我宁肯不写。

生命的本质就是奋斗，就是既会创造，也会生活。我写诗，既是为了弘扬中华文化、云南文化和高校文化，更是为了诠释生命的本质和意义。或换言之，我写诗，既是为了“载道”和与人分享我人生的经验和我内心的美丽，也是为了自己激励自己、自己战胜自己、自己超越自己。

我有何诗歌代表作?

我的诗歌代表作主要有:《挂在蓝天白云上的云南》《春城昆明》《丽江古城四方街》《踢足球是丽江纳西男孩的成人礼》《红嘴鸥》《四季靓影》《滇西四题》《云南大学东陆园情思》《敬礼!云南大学的芳华们》《大学校园》《和美女一起打篮球》《让爱情开心的办法》《向餐桌上那盏永不熄灭的台灯致敬》《在万千人中我一眼就看到了你》《母亲》《爸爸妈妈老了》《渔网·篝火》《夏日》《西双版纳三章》《景颇族目瑙纵歌》《永胜三川坝》《程海湖》《归隐半小时》《村韵》《年味》《回故乡》《那些年》《一个乡村茶馆老茶客的自在》《我的岁月三部曲》《大海是一位了不起的抒情诗人》《日本行(十二首)》等。

我写诗有何秘诀?

秘诀就是从得“道”的角度来写诗。这里的“道”不是道路的道、道理的道,而是天人合一的意思。这里的“天”,也不是天地的天,而是凡事顺其自然的意思。它既是一种思维方式、行为方式,也是一种写作方式。写诗,就是一定要努力做到返璞归真,我手写我心,用真诚来书写朴素的生活。

我写诗有何理想抱负?

挑战语言的极限,留10首左右的能打动时间的诗歌给这个世界,这就是我的理想抱负。这既是我的兴趣爱好,也是我生命的价值和尊严之所在。

何为能打动时间的诗歌?

有真情、有诗味、有惊奇、有震撼、有探索、有个性,能穿透灵魂的诗歌,就是能打动时间的诗。

《和家胜唯美诗歌二百首》有何特点?

本诗集收录了我从事诗歌创作以来能代表自己诗歌风

格的诗歌作品200首（其中“微型诗一束”收录了我精心挑选出的自己创作的优秀微型诗80余首），并收录了云南省3位著名文学评论家郑千山、管郁达、陆猛先生对我诗歌作品的评价。一书在手，可尽览我诗歌创作的全貌。该诗集，可谓我的呕心沥血之作。我想将其作为礼物，谨献给生我养我的红土高原、我的家人、我的挚爱亲朋和当下千千万万正为生计而疲于奔命的人们。同时，我也将该诗集，献给那个对生活充满了满满的热爱的我。

摄影和打篮球，是我的两大业余爱好。在本书中，我将我的10余幅摄影作品选入其中，以让其为该书增光添彩。

虽然当下诗歌仍处于寒冷的冬季，但其已被改革的时代再次唤醒，诗歌正逐步走向成熟，走向辉煌。

诗歌创作是一门大学问，亦是一个十分复杂而有挑战性的系统工程。诗歌年年十八岁。诗歌要在这个薄情的世界里，永远深情地活着。我的探索，永远在路上。

愿诗歌不断引领我们走向更加美好的人性。

是为序。

2019年2月16日

目录

· 自然篇 ·

·情爱篇·

· 校园篇 ·

· 游学篇 ·

· 人生篇 ·

·诗　评·

故乡篇

挂在蓝天白云上的云南

朋友常会问我
天底下你最喜欢的地方在哪里?
我会毫不犹豫地告诉他
是我可爱的家乡
挂在蓝天白云上的云南

在云南
或是在清晨
或是在正午
或是在傍晚
无论是何季节
无论是在哪里
只要你一跳起来
头就会顶着蓝天
只要你一伸出手
便可摘到云朵

在云南
蓝天和白云
常常会手拉手地在一起
结伴而行
它们是令世人惊羡的一对

孪生姐妹
云南的蓝天
风亲一口都会碎
云南的白云
鸟摸一下都会疼

蓝蓝的天上白云朵朵
这是天底下最壮美的景色
这是上苍赐给云南人的
最好的礼物
这是云南人每天呈现给世界的
最美丽的笑脸
太阳金子般的光芒
永远沐浴着她

我的爱穿梭在云南的崇山峻岭间

坐大巴
在高速公路上
我的爱穿梭在云南的崇山峻岭间

这里没有一马平川的
索然无味
也没有沙尘暴的
遮天蔽日
更没有海啸和
核泄漏的
无情困扰
这里只有如诗如画的
大山大水
阳光灿烂
满目苍翠
花团锦簇
白云悠悠
这里的山坡上到处生长着诗歌
这里的河流里到处流淌着歌声
这里处处都是《清明上河图》

坐大巴
在云南的高速公路上看美景
我的爱与惊喜
几近痴狂
我好奇心的车轮
更是踩几脚刹车
都刹不住车
车轮常常打滑

云岭高原冬日一瞥

车轮
在不停地
翻阅四季的
风景

村庄
在汽车的
起伏里
作深呼吸

阳光
张开毛茸茸的
大手
捂暖一山春

炊烟
在红色的大地上
自由地
写诗

快乐
与身边的云朵

正进行一场甜蜜的
赛跑

清风
衔一片
相思
快速投递给远方

藤蔓
伸出多情的
双手
挽住过往的美丽

鸟儿
送出飞吻
让青山
早早入定

朗月
被树枝的
多情
抓进了鸟窝

云　南

白云的故乡
每一朵白云
都是歌手
歌声
绽放着
绿色的山水

白云的故乡
每一朵白云
都是舞者
舞步
炫动着
迷人的温情

云南人

会吃奶的时候
就会喝酒了

会说话的时候
就会唱歌了

会走路的时候
就会跳舞了

会笑的时候
就会撩哥撩妹了

春城昆明

1

千万只红嘴鸥
争相把昆明
早早叼进了
春天

2

即使身无分文
也可与遍地开不败的
鲜花
举办一场奢华的婚礼

3

四季的
房檐上
一直滴答着
春天

4

每天清晨
最先来敲门的
一定是那一束束
还喘着热气的阳光

昆明四季掠影

春

花香的
温柔
把昆明人
一口口
喂饱

夏

梦境的
清凉
滑倒一行行
炎热的
诗句

秋

银杏树的
高傲

高过了
秋天的
目光

冬

雪花的
羞答
收容起一声声
徘徊的
叹息

昆　明

你之所以
四季如春
是因为这里
到处都开满了
美丽的
鲜花
每当它们
一微笑
整个世界
都会对它们
大献殷勤

石　林

凝固的
寂寞
也曾喧嚣过
岁月
是把神奇的
砍刀
把古板的
历史
砍成片片美丽的
风景
赠给沉思的
眼睛

逛昆明天君殿巷《麦田书店》

还未走进店门
我就听见
卡夫卡
在朗读他的小说
特朗斯特罗姆
在吟诵他的诗歌
罗林斯
在演奏他的萨克斯

我又温柔地
走进了那个
良宵

还未走进店门
我就看见
徐志摩在抛甩他的
衣袖
冯友兰在舒展他的
皱纹
余秋雨在抚摸他的
叹息

我又温柔地
走进了那个
良宵

逛呈贡宝珠梨园

多情的
眼神
垂涎欲滴

贪婪的
心跳
肆意流淌

丽江古城四方街

1

桃花源的
居民
常聚在这里
练习飞翔

2

小巷
交头接耳
平静地诉说着黑夜的
隐私

3

岁月的
凋谢声
依然
悠悠远远

4

前一秒与
后一秒
在五花石铺就的地面上
留下了永恒

5

古宅的微笑
认真地收藏着
外来的每一次
深情注视

6

舞步的潇洒
搀扶起一声声
跌倒的
叹息

7

街子的出口在哪里?
有流水声的
地方
就是方向

回到故乡，大地一片金黄

回到故乡
又能看到风景如画的玉龙雪山了
又能看到碧空如洗的蓝天了
又能呼吸到清新、养人的空气了
又能呼吸到明媚、洁净的阳光了
回到故乡，大地一片金黄

回到故乡
又能吃到世界上最好吃的程海鱼和崀峨鸡纵了
又能吃到梦里想起都会流口水的江边鸡了
又能跳起三天三夜都跳不累的《纳西三部曲》了
又能说起下辈子还想说的丽江话和永胜话了
回到故乡，大地一片金黄

回到故乡
又能喊一声爹了，又能叫一声妈了
又能帮爹洗一次脚了，又能帮妈梳一次头了
又能呼唤一次自己难忘的初恋了
又能享受一次家庭式吵架带来的温馨了
回到故乡，大地一片金黄

大美丽江，美在一座雪山一座古城

大美丽江
美在一座雪山
美在一座古城

丽江玉龙雪山
是地球上离赤道最近的
低海拔雪山
也是全球形态最美的
雪山
玉龙十三峰
峰峰险峻
峰峰绝美
十三峰由北向南
宛如一条巨大的腾飞的
玉龙
将整个丽江坝子挥舞得
分外妖娆

丽江古城
家家流水
户户垂杨
是一座在水面上流动的

古城
是一座在文化中穿行的
古城
也是中国唯一一座
没有围墙的
古城
开放和包容
清晰地
写在古城八百多年的
沧桑与风雨中

大美丽江
美在雪山在古城的流水中
幸福徜徉
美在古城在雪山的呵护中
妖娆绽放

纳西人

云南的纳西族人口不多
他们只有三十多万人
可他们有三十多万工人
有三十多万农民
有三十多万商人
有三十多万干部
有三十多万科学家
有三十多万解放军

他们还有三十多万音乐家
还有三十多万舞蹈家
还有三十多万画家
还有三十多万作家
还有三十多万诗人
还有三十多万足球运动员

但不要以为他们有上百万人
其实他们只有三十多万人

丽江的味道

丽江
是一个
遭遇悠然的
地方

品尝悠然
你便品尝到了
发呆的味道
流口水的味道
伸懒腰的味道
抠脚丫巴的味道
打哈欠的味道
喃喃自语的味道
数云朵的味道
看帅哥美女的味道
咀嚼初恋的味道
做梦的味道
回家的味道
想妈妈的味道

悠然
是丽江

送给每一位
游客的
随手礼

丽　江

上帝
散步的
走廊

美丽
在四周
格斗

丽江古城之恋

掬一捧
清澈
美丽我的小溪

抓一条
小巷
梳理我的心事

踩一路
五花石
铺就我的吉祥

依一堆
篝火
点燃我的辽阔

丽江古城

一座古城
承载着纳西人
八百多年的
梦想
那古城门口的
大水车
是纳西人
生生不息的
奋斗呐喊
那五花石铺就的
条条美丽路径
是飘荡着的
亘古不散的
朵朵祥云

丽江的冬天

风
刮得
很深刻

天
蓝得
很不安分

黎明
坐在马背上
姗姗来迟

背风的小院里
住满了
阳光

万朵山茶
早早闹醒了
一院春

雪山
绽放一朵白色的

浪漫

古城
小桥流水
撑一片梦境回家

在丽江，让生活节奏慢下来

在丽江
让生活节奏慢下来
让玉龙雪山
给你揉揉肩
让虎跳峡
给你捶捶背
让泸沽湖
给你敲敲腿
让古城
给你捏捏脚

在丽江
让生活节奏慢下来
让纳西古乐
帮你治治病
让象形文字
帮你美美容
让东巴画
帮你洗洗脑
让茶马古道
帮你补补肾

在丽江
让生活节奏慢下来
让鸟鸣
教你唱唱歌
让清风
教你跳跳舞
让甘泉
教你吟吟诗
让繁星
教你作作画

丽江给你什么?

丽江给你什么?
给你悠闲
让你的脚步慢下来
你若盛开
清风自来

丽江给你什么?
给你美丽
让你回归自然
白云不尽时
恰似沐春风

丽江给你什么?
给你宁静
让你回归本我
安心的地方
就是安身的地方

丽江给你什么?
给你爱情
让你遇到心跳
岁月不老
你我不散

听纳西古乐

我们仿佛
又闻到了唐代
清新的
空气

我们仿佛
又沐到了宋代
明媚的
阳光

我们仿佛
又触到了元代
晶莹的
雨滴

我们仿佛
又遇到了自己
丢失的
过往

丽江黑龙潭

龙潭遮天蔽日
潭水清澈如玉
潭水
流出了玉龙雪山的
雄姿
流出了象山的
厚重
流出了云朵的
娇美
流出了水乡古城的
靓影
流出了象形文字的
神秘
流出了纳西古乐的
神韵
流出了童年的
无忌
流出了初恋的
泪滴
流出了上苍说给人间的
最甜美的
悄悄话

丽江拾英

玉龙雪山

一个巍峨雄壮的帅气男人

丽江古城

一个灵秀柔情的婉约女子

泸沽湖

大自然最后的处女地

纳西古乐

一个白发苍苍的年轻人

象形文字

纳西人诠释世界的一首浪漫情歌

四方街

通往桃花源的入口

云杉坪

心灵的殉情之地

万朵山茶

开满初恋情怀的美丽新娘

黑龙潭

仙女洒落人间的一颗晶莹泪珠

虎跳峡

勇气和胆识常在此比赛跳远的地方

金沙江

挂在丽江脖颈上的一条美丽项链

踢足球是丽江纳西男孩的成人礼

丽江是中国的足球之乡
纳西族是一个玩文化的民族
一个玩大山大水的民族
也是一个玩足球的民族
在丽江
城里人爱玩足球
农村人更爱玩足球
这种现象在中国农村极其罕见
在丽江农村
几乎每个村边都有一个
不大不小的足球场
每当逢年过节
每当双休日来临
每当傍晚将至
足球场上都会有球队在逐队厮杀
最难能可贵的是
自古丽江的纳西族男孩从小就爱踢足球
他们把踢足球当作兴趣爱好
他们把踢足球当作生活方式
他们把踢足球当作民族文化
他们把踢足球当作人生信仰
他们把踢足球当作盛大节日

他们崇尚爱拼才会赢
他们崇尚足球场上的男孩最帅气
他们每天只要一有时间
就会到足球场上去拼杀
就会到足球场上去制造欢乐
如今的丽江
几乎每一个小学都有一个足球场
几乎每一个小学都有一支足球队
丽江小学成为名副其实的足球小学
丽江足球小学最好的比赛成绩是
丽江市玉龙纳西族自治县的
白沙小学
曾荣获 2015 年全国小学生足球比赛的亚军
可以毫不夸张地说
纳西族是一个足球的民族
足球是纳西族的宗教
足球是丽江的一张名片
爱踢足球是每一个纳西男孩的天性
踢足球
是丽江每一个纳西族男孩的成人礼
从这个成人礼上
有人走向了中乙
有人走向了中甲
有人走向了中超
有人走向了国家队
在这个成人礼上
诞生了目前正活跃在中国足坛上的
威风八面的中甲球队丽江飞虎足球队

而丽江足球小学和丽江飞虎足球队
不仅留住了云南足球联赛的火种
而且还留住了云南足球的颜面
留住了中国足球的颜面
而闻名于世的玉龙雪山
则是丽江足球打起的一面
千年不倒的美丽大旗

家乡云南永胜的坝子

家乡云南永胜的坝子很多
其中著名的有
城关坝
三川坝
星湖坝
期纳坝
片角坝和
顺州坝
永胜是云南省大坝子
最多的县份之一

家乡云南永胜的坝子
是上苍的一个个
热吻
不仅吻出了
“滇西北粮仓”
“鱼米之乡”
程海
金沙江
小凉山
灵源箐
毛氏宗祠

“他留文化”
“边屯文化”
三川火腿和
螺旋藻
而且还吻出了
闻名于世的
热情好客
知书达理
勤劳智慧
敢闯敢干的
号称云南“犹太人”的
永胜人

永胜三川坝

金色的
稻香
把一张张
谷斗
敲打得
豪情万丈
于是
四周群山的
冷峻
开始围成一只
大大的
耳朵
以美丽和
温暖的
姿势
认真倾听

程　海

1

造物主
盖在大地上的
一枚
绿色的
大大的
生态
印章

2

一湖蔚蓝
蓝得
让人
心头发慌
惹得满天
鸟鸣
游进游出

泸沽湖

单调的情歌
再不是装饰木楞房的
唯一节奏
伴随着阵阵
马蹄声
摩梭兄妹的
富有
不再是
厚厚羊皮袄里
热烘烘的
梦

滇西四题

丽　江

中国原生态这件大衣
破了
丽江为它打上了一个
大大的
补丁

大　理

一只蝴蝶的
翅膀
撩起了五朵金花故乡
美丽的
裙摆

香格里拉

世界上最大的
转经筒里

深藏着雪山草原
迷人的
羞涩

怒　江

一条
美丽处女大江的
青涩
担着碧水蓝天
日夜在奔跑

冬日金沙江

披一袭美丽
蓝袍
大大方方
蹓出了山寨
她一乍现
即使
全世界最好的
翡翠
都会变成
大排档

鹤庆黄龙潭

心跳
掉在了水里
梦境
掉在了水里
笑声
掉在了水里
额头上的
皱纹
掉在了水里
嘴角上的
忧愁
掉在了水里
发尖上的
叹息
掉在了水里
连风一般的
男子
也掉在了水里
都是那一潭
铺天盖地的
蔚蓝

惹的祸
都是那水中
通往梦境小路两旁
百年老树的
多情与媚眼
惹的祸

藏家歌舞

把一束束
永不凋谢的
温暖阳光和
生活热情
高高举过
头顶
献给每一个
红红火火的
日子和
普天下所有
纯朴善良的
苍生

清晨卡瓦格博峰

不屈的
信念
悄悄
淡出云海
紧紧咬住
初升的
金灿灿的
朝阳

西双版纳三章

西双版纳的绿

西双版纳的绿
是世界上最绿最绿的绿
它遮天蔽日
密不透风
很毒很毒
吸一口
可让你几辈子
都苏醒不过来

西双版纳的绿
是世界上最美最美的绿
它风姿绰约
百媚千生
很坏很坏
看一眼
能让你几辈子
都魂不守舍

西双版纳的味道

三月的西双版纳
到处是一个花香的海洋
泡桐花、缅桂花、十里香、美人蕉的
花香
包围了整个世界

它们肆无忌惮地偷袭着这里的
每一片天空
每一块土地
每一颗心灵
这是一种幸福的被偷袭
没有人会选择拒绝

三月
在西双版纳
花香的味道
就是春天的味道
生活的味道
青春的味道
初恋的味道
诗歌的味道

西双版纳的哲学

西双版纳的哲学是水

水！
水！
水！ 水！ 水！
水！
在西双版纳
泼水时
吃饭喝酒时
到处都能听到关于水的
深情吆喝

在西双版纳
与神沟通需要水
与人沟通需要水
与爱沟通需要水
与天地万物沟通需要水
西双版纳的郁郁葱葱
是水泼出来的
西双版纳的婀娜多姿
是水泼出来的
西双版纳的美丽、祥和与富饶
是水泼出来的

在西双版纳
每个爱美的人都是水的哲学家
欢乐和祝福
是他们哲学的
永恒命题

傣家的水

像彝族姑娘离不开口弦
傣家的卜少[1]离不开水
寨子里没有水就没有生气
竹楼里没有水就没有卜冒[2]来串门

她们每天都要在澜沧江里
让筒裙飘起一朵朵彩云般的梦
没有水
就不能在凤尾竹下
一支接一支地唱槟榔般美丽的山歌
就不能成群结队去赶街
就不能翻山越岭去干活

傣家卜少的笑声是水冲出来的
傣家卜少的秀发是水漂出来的
傣家卜少的窈窕是水揉出来的
傣家卜少的柔情是水润出来的

水繁衍了一个爱美的民族
水滋亮了无数外乡人的眼睛

①卜少：傣族小姑娘。②卜冒：傣族小伙子。

泼水节这一天

孔雀湖的水
泼没了
澜沧江的水
泼没了
小伙子的心
泼没了
姑娘的心
泼没了

傣族少女

笑声
打得下
山雀

蛮腰
晃得断
四季

脸蛋
倾得倒
日月

柔情
淹得死
铁石心肠

昆格山上的白花树

春天
西双版纳
昆格山上长满了没有名字的
高高的美丽的白花树

它们一山山一片片
花朵
美如白雪
灿若云霞
白里透红
红里透紫
花香袭人
百鸟传情
美丽长满了枝头
圣洁挂满了树梢

昆格山上的白花树
是一幅世界名画
风花雪月是这幅画的名字
诗情画意是这幅画的神韵

彝族左脚舞

欢快而热烈的
美丽
疯狂地
种植
温暖

少顷
一座座白雪皑皑的
孤寂
便被融化成
一池春天

冬日跳彝族左脚舞

欢乐和
热情
高高地
站在
冬天的
老背上
使劲往下
跳
抖落了
太阳

彝族人家

天寒地冻
还未走进彝家
就会听到彝家阿爹阿妈
叫你快到他家火塘边
烤火御寒的
深情呼唤

彝家门前
盛产温暖的
目光

进屋还未落座
茶水就端上来了
荞粑粑就递过来了
烧洋芋就为你剥好了
煎土猪肉的香气
就扑鼻而来了

彝家的火塘
燃烧着世界上最原生态的
淳朴、厚道与善良

小凉山

这里绽放
年轻的空气
这里绽放
年轻的阳光

火塘
温暖了百里烟雨
火塘
点亮了万顷真情

扎窝子的牧人
收获了圣洁的美景
闯世界的青年
带回了大把的快乐

景颇族目瑙纵歌

一条欢腾的
巨龙
串起了
一个个
大大小小的
冰凉的
日子和
生活的
一声声
叹息

一双双舞步的
优雅与
坚韧
踏着夺命的
鼓点
载着开心和快乐
大步流星地
回到了
心灵的故乡

长刀举起来

花扇舞起来
美股扭起来
长刀
刺痛了寂寞
花扇
舞动了梦幻
美股
撩倒了心跳和
喜洋洋

拜谒云南保山杨慎《状元楼》

一缕
阳光
滴落了
整个
明朝

一滴
水
淹死了
万千
白发

一块
砖
砸出了人生
无数的
蓝

云南保山太保公园

太保山
古树参天
舞一城
温润的
春天

易罗池
碧波荡漾
盛九天
多情的
眼睛

乡街子

几天赶一次的
乡街子
是中国农民日常平实生活的
最大期盼

在乡街子上
你可以随心所欲地买到
能让你真正品尝到生活芬芳的
原生态的
老品种米
土鸡蛋
土猪肉
野生鱼
野生菌和
鲜嫩爽口的
瓜果及山茅野菜

最重要的是
在乡街子上
你可以遇到你的童年
你可以遇到你的过往
你可以尽情地享受

像春天一样茁壮成长的
浓浓乡情和幸福喧闹
你可以用你最享受的
乡音
与你喜爱的每一张
笑脸和每一款生活气息
深情地拥抱和
热情地打招呼
甚至
你还可以肆无忌惮地
与你心仪的
在乡街子上四处乱窜的
帅哥或美女那火辣辣的目光
撞个满怀

乡街子
中国农民隔三岔五便会上演的
乡村大戏
乡街子
熨平了中国农村的
几多寂寞与孤独

一个乡村茶馆老茶客的自在

云南保山的
“板桥百年老茶馆”
很有名气
《舌尖上的保山》报道过它
台湾的电视台也报道过它
北京时间正午 1 时
我和朋友一道
慕名走进了这家老茶馆喝茶
茶馆楼高二层有房五间
房子很旧很黑
我走进老茶馆的第一感觉是
仿佛掉进了旧社会
但在老茶馆屋顶的正中央
有一小块玻璃窗很明亮
从上面直射下来的阳光
似乎可以刺透人的灵魂
据茶馆的老板娘介绍
茶馆已有上百年历史
这里茶好、水好、氛围好
茶水全用土茶罐煨泡
每天来这里喝茶的
当地人和外地人很多

来晚了
就轻易找不到喝茶的位子
而且茶客每次进门
只需交两元钱
便可在此喝一整天的茶和
聊一整天的天
在一楼的三间茶室里
有六七桌茶友正在开心地
喝茶聊天
此时我邻桌的
一位老茶友的自在
深深地吸引了我
他先是坐在一张小长凳上聊天
随后是双脚蹲在小长凳上聊天
继而是脱掉鞋子和袜子
赤着双脚蹲在小长凳上聊天
他面带笑容
举止潇洒、自然
神情淡定、自信
这是老茶客一天中
最放松的时刻
这是老茶客一生中
最快乐、幸福的时光
这是中国乡村一年四季中
最优美的姿势
此时此刻
没有更多的人
会关注到老茶客的自在

此时此刻
老茶客也不会在意
是否会有什么人
在关注他的自在

自然篇

大海是一位了不起的抒情诗人

大海是一位了不起的抒情诗人
不落的日月星辰
是她抒发出的意象
崇高的道德准绳
是她抒发出的真诚
人
是她抒发出的粪便
唐诗宋词
是她抒发出的饱嗝
我想到大海边去赶赶海
只可惜我那条 2005 年
在美国夏威夷购买的沙滩裤
已很破旧

面对那条让我流泪不止的大江

它的宽广
它的汹涌
它的清澈
它的潇洒
它的蜿蜒
它的恢宏大气
它的水天一色
它的不避暗礁险滩
它的日夜兼程
它的百折不挠
它的目标始终如一
它的雄浑有力
它的勇往直前
它的暮霭中的冲动与
帅气
让我震撼
让我激动
让我晕眩
让我战栗
让我恐惧
让我渺小
让我语塞

让我流泪不止
让我力量无穷
让我青春无限
让我恍如隔世
让我如坠梦中
看见它
就像看见了天堂
就像看见了上帝
就像看见了母亲
就像看见了我的
前世今生和来世

红嘴鸥

春天撒下的
花瓣
把昆明城堵得
水泄不通

雪花般的
美丽
哺乳着高原的
温情

鸥鸣声的
妖娆
喂饱了冬日的
寂寞

靓影的
俊逸
惹得云朵
心神荡漾

手心上的
争相一吻

吻红了小伙姑娘的
心事

圣洁踮起的
脚尖
早已触到游子的
乡愁

红嘴鸥，昆明人的老情人

每年冬天，红嘴鸥便会如约从西伯利亚归来
在昆明的湖边、池边和江边盘旋戏水
甚至还会在喂食者手中争相啄食
在翠湖公图、海埂长堤、盘龙江畔或城市中央
到处可见其矫健的身影
到处可闻其悦耳的鸣声
红嘴鸥撑起了昆明最美丽的蓝天
红嘴鸥是昆明上空最绚丽的祥云
红嘴鸥，昆明人的老情人

每天清晨，每当日出雾散
成千上万只红嘴鸥便会如同一团团美丽的
白色火焰
肆虐着昆明的天空，肆虐着昆明人的目光
点燃了昆明人一天
最灿烂的心情
红嘴鸥，美得让人窒息
红嘴鸥，可爱得让人心醉
红嘴鸥，昆明人的老情人

年复一年，昆明人都会扶老携幼
到与红嘴鸥相约的地方，不见不散

去赏鸥喂鸥，去爱鸥护鸥
去与红嘴鸥亲密相伴，去与红嘴鸥和谐相处
去感受美的风暴，去感受美的力量
去享受与美丽和快乐幽会的炽热幸福与疯狂
红嘴鸥来了，昆明人的爱心便会裸奔
鸥鸣声里，人的心灵不再荒凉
红嘴鸥，昆明人的老情人

冬日观昆明翠湖公园红嘴鸥

一湖洁白
一湖美丽
一湖鸥鸣
一湖震撼

快乐
一声吆喝
洁白
飞起来了
美丽
飞起来了
鸥鸣
飞起来了
震撼
飞起来了
连衰老冬天的
扭扭捏捏
也飞起来了

冬日
昆明翠湖公园
那一湖

遮天蔽日的
惊艳
让昆明人
幸福得
很春天

村　韵

鸡鸣鸟叫狗吠牛哞
炊烟树影静谧青草味
劈柴饮马涛声牧歌
野花稻香皓月蛙鸣
山歌方言村姑打情骂俏声
以及遍地生长的乡亲们的
和善目光和亲切笑容
这些都是乡村收割不完的庄稼和
采摘不完的美丽
也是我一辈子都开不败的
细微幸福和温暖
每当我心中一荡漾起
这些醉人的村韵
我就会感到
活得特别滋润、鲜活与坚实

四季靓影

初　春

莫名喜悦
常常被花蕾和
嫩芽
多情的
眼神吊打

盛　夏

蝉鸣的
一往情深
收藏了
汗滴的
任性

深　秋

一树树鹅黄的
明艳

宠大了
空气的
丰满与自信

隆　冬

雪花面容的
姣好
泊下了
万千游子的
乡愁

迎春花

春天
驮着冬天
在赶路
总算找到了
第一块
歇脚的
芳草地

春

别戏谑我
总是
目不斜视
只因为
在我的
目光里
早已盛满
你的
温柔

春　光

摘也
不敢摘
碰也
不敢碰
只敢
轻轻地
呼吸上
几口

春天来了

春风
在冰块上
训斥
孤独

春雨
在枝头上
教化
寂寞

燕子
在天幕上
开始
泛绿

春　风（一）

风的手
使劲
敲打着
窗棂
一瞬间
便抖落了
一地
温柔

春　风（二）

1

咳一声
嗽
秦始皇
都听得见

2

轻轻地
一跑
便踏绿了
万水千山

3

一鞭子
接一鞭子
抽瘦了冬天的
背影

4

一个吻
接一个吻
吻红了桃花的
心事

春姑娘

赶快打开窗子
赶快让靓影进来
赶快让心跳进来
赶快让柔情进来
赶快让娇羞进来
赶快对春姑娘说
你爱她
赶快告诉她
你送给她的聘礼
是一辈子的
冲动与激情

夏　日

每一片
树叶
都是夏天的
翅膀

每一声
蝉鸣
都是风儿的
摇篮

每一颗
雨滴
都是寂寞的
情人

每一缕
荷香
都是七月的
嫁妆

夏日偶拾

1

到阳光的
深刻里
去散散步

2

到绿叶的
温柔里
去撒撒娇

3

抓一把花香果香的
婀娜
来嚼嚼

4

把一只肥胖的
闷骚
揪出来审判

夏日美女

一对挺乳
吊足了夏天
极重的
口味

一个翘臀
撞碎了帅哥
一世的
矜持

一双秀腿
足以慰藉这个世界
迷离的
眼神

夏夜听雨

童年
如约而至
此时
雨滴
变成了一个个
顽皮的
孩子
时时
在与我的嗟叹
嬉戏

故乡
不请自来
此刻
雨滴
又变成了一只只
发烫的
耳朵
刻刻
在打探我的乡愁
归去的日子

秋天来了

红叶
担心天
渐渐变凉了
于是
又开始
不断地
给这个世界
盖秋波

拾起一片银杏叶，拾起一个秋天

在秋天
我喜欢弯下腰去
拾起一片片金灿灿的
随风飘落的银杏叶
让飘落的美丽
唤醒我内心的浪漫
拾起一片银杏叶，拾起一首诗

在秋天
我更喜欢沐浴在
银杏飘金的
叶雨中
让燃烧的热烈
点亮我对生活的憧憬
拾起一片银杏叶，拾起一个秋天

秋日拾零

1

雨水廉价的吻
打湿了无数
期盼的火焰

2

落叶
将面面锦旗
回赠给了哺育它的母亲

3

蝉，唱着
催眠曲
把绿荫带入了梦境

4

蚊子
打着饱嗝
遗忘在了欢乐中

冬

树枝上
挂着零落的
忧伤

风
在一遍遍
翻阅南极

雪花
在为大地
赶制棉袄

阳光
坐在山岗上
始终不肯下山

阳　光

灼伤了
黑夜

撂倒了
风雨

分娩了
四季

擦亮了生命的
一只只媚眼

月　光

留一条长长的
美丽发辫
夜夜去梳理
思乡人
那漫山遍野
不断疯长的
痛

中秋节

月光奢华的
夜晚
思念慷慨地
解开衣襟
喂养
乡愁

虹

沐浴之后
太阳把自己
束发的
彩带
挂在蓝天上
晾晒

树

树枝
喂饱了鸟鸣
喂饱了果香

树叶
舔绿了春
舔黄了秋

树荫
狠狠地抽打了
炎热和孤寂的脸

绿

一束
狂野的
风
吹得冬天
危机四伏

一席
缠绵的
雨
淋得黑夜
交出月色

小　草

即使
自己是株小草
也应竭力让
生命吐出碧绿
因为春光
并没有
遗弃小草
小草
怎能辜负
春光的
希冀

梨　花

1

这个世界
太污浊
于是
三月只好挥动
春风
种下一块块
清白

2

一朵
梨花
读着一朵
白云
它的背后
盛开着天空对大地
辽阔的相思

3

肩并肩
手挽手
织一堵雪白的
墙
撞落一头扎上的
岁月的
白发与忧伤

野　花

她的自信
不停地在
自由的大地上
怒放
因此
你的花心
永远只会被她的
香气
奴役与收容

乘飞机观云海

天空
对大地的
难言心事
被太阳的
好心
不经意间打翻
泼了一地
相思与
美丽

蟋蟀声

一潭浅水的
美丽与
温文尔雅
竟淹没了
一个个
漫漫
寂寞长夜的
矫情与
丰腴

鸟

1

天空
诗人

2

树枝上的
舞蹈家

3

岁月走动的
声响

4

大地多情的
眼神

5

人类早已丢失的
童心

鸟鸣声

清晨
从枝头上
滚落的
嫩汪汪
洞穿了
黑夜
还溅得
黎明一身
水淋淋

清晨的鸟鸣

那种美妙
是唤醒童年梦想的
一种
甜蜜

那种动听
是证明世界依然美丽的
一种
心醉

那种喜悦
是忘情于山水时才有的
一种
冲动

那种怡然
是梦境里才有的
一种
销魂

深山与沉寂

深山
放牧死一般的
沉寂

风
被阳光
挡在门外

树荫
始终
一言不发

我只好拎着自己的
影子
赶快出逃

古城墙

看到它
就像看到了
花瓣上
留下的一道
美丽
划痕

轻轻地
抚摸一下
一瞬间
便竟然感觉到了
历史的
真实温度

风 铃

1

摇曳的相思
蘸着月光和泪光
把一个个曲曲折折的
故事
擦洗干净

2

舀一勺
丰腴的铃声
足以喂饱
日渐贫瘠的
心灵

罗平油菜花海

二月
春天
在罗平坝子上空
一鞭子
狠狠地甩出去
抽回来
八十万亩油菜花海
便开始
春色
滚滚流淌

罗平的特产

罗平的特产是
毛毛雨
罗平的特产是
油菜花
没有毛毛雨
哪来的油菜花?
没有油菜花
哪来的毛毛雨?

每年春天
罗平的八十万亩油菜花
便会花浪涌金
如熊熊燃烧的
金色火焰
把整个罗平坝子点缀成一个
世界上最大的
自然天成的
美丽花园

春天
来罗平看油菜花
罗平会让你把

金灿灿的心情和
热腾腾的爱
带回家

五色米

布依族的五色米
红白黄绿紫
好看又好吃
煮出来的米饭
色缤纷
光鲜鲜
香喷喷

布依族的五色米
全用鲜花
树叶
草根浸泡
全用真心
真情
真爱浸泡

布依族的五色米
是一首已流传了
八百多年的
祝福诗

成　都

这里
常有两个
老朋友
在干杯
一个是
美丽的
雾
另一个
还是美丽的
雾

重庆铺盖面

薄如纸
均如玉
大如满月
把一床美丽和
烂漫
铺在身上
捂出你的
好食欲
捂出你的
好心情

北京沙尘暴

黄沙遍野
时不时来一次

来时
满世界
都是黄昏的
味道
清晨是黄昏
正午是黄昏
傍晚是黄昏

黄昏
把北京城
关在了美丽的
门外

圆明园及其他

圆明园

历史的耻辱柱

长　城

民族崛起的脊梁

纪念碑

劈向旧世界的砍刀

昨天・今天・明天

昨天
一个哆嗦的老太婆
今天
一个粗暴的男子汉
明天
一个腼腆的小姑娘

情爱篇

向餐桌上那盏永不熄灭的台灯致敬

在我家客厅窗子对面
楼栋的屋子里
餐桌上
从入夜到天明
永远亮着一盏台灯
永远放着一双碗筷
永远放着一只酒杯
永远放着一种真情

那盏台灯
非同寻常
它是一直生活在真爱中的
老太太
为怀念过世的老先生
而用真心真情点亮的
一盏台灯
多年了
这盏台灯
一直按时点亮
一直明亮无比
一直未曾熄灭
它让我热泪盈眶

它让我彻夜难眠
它让我灵魂震颤
它让我天天成长

一盏台灯
点亮了一个真情世界
一盏台灯
让时下一张张
写满现实和
世故的脸
无地自容

爱 情

年幼时
是树上的鸟
叫什么
谁也听不懂

年壮时
是河里的鱼
没有水
也疯狂地游

年老时
是脚上的鞋
少一只
都不行

让爱情开心的办法

即使年龄
被毁容
也决不把自己藏起来
每天仍要勇敢地
照镜子
要让真情实意
永远能看到自己
如花似玉

相思豆

红白相间
生死相依
是开始也是结束

看到它
让人想起一种温暖
一种能融化尽远方思念的温暖

采一束挂在脖子上吧
让花心
流一辈子的口水

今夜，我只想亲吻你温柔的目光

今夜
你是我的女神
虽然很多年过去了
但你目光的
喜盈盈
却始终站满我生命的
大街小巷
温暖和甜蜜着我的
一生

今夜
我只想亲吻你温柔的
目光

这一辈子
你都是我的女神
虽然你我只能在梦里守望
但在我年老时的
心上
却一直滴答着
你年轻时

爱的
雨滴

今夜
我只想亲吻你温柔的
目光

爱情雨

见也
眼泪汪汪
不见也
眼泪汪汪
想也
眼泪汪汪
不想也
眼泪汪汪
爱也
眼泪汪汪
不爱也
眼泪汪汪
或许
是年少时
校园里
那一场
倾盆而至的
爱情雨
淋湿了
我的
一生

思　念

我的思念
是十八岁的
微笑
只想
永远佩戴在你的
胸前
搀扶你的
寂寞
靓丽你的
衰老
静静地
独自品尝与聆听
你为我保留至今的
初恋的
眼神与
心跳

我不敢从正面看她

她笑起来时
真是太美了
我不敢从正面看她
我只敢从侧面看她
甚至我只敢从后面看她
我怕从正面看她时
被她多情的目光融化
我怕从正面看她时
被她发现后
她的美和笑
便悄悄躲藏起来了

她的影子

虽是一匹
野马
却一直
奔驰在我
十八岁的
夏天

虽是一颗
雨滴
却一直
滋润着我
长夜的
寂寞

虽是一潭
浅水
却不知不觉
淹没了我
一生的
思念

爱

白天
没勇气
去一睹她的
芳容
只敢
深更半夜
去拾几块
她丢下的
爽朗
笑声

昆明偶遇发小

她的
会心一笑
游得我的
不知所措
泪流满面

她的
默默无语
硌得我的
心急如焚
茶饭不思

在万千人中我一眼就看到了你

在万千人中
我一眼
就看到了你
只因为
你把背影
留给了
清泉
只因为
你把微笑
留给了
春野
只因为
你把温柔
留给了
长夜

信

爱
一股一股地
流动

那留在名字上的
吻痕

是它涨潮时
溅起的
朵朵浪花

爱之真语

哪棵树上
不落雀？
哪个男人
不花心？

哪家门前
不扫地？
哪个女人
不风流？

别　H

从此
每个清晨都是黄昏
每个白天都是黑夜
浓黑的愁云里
只掩映着一轮
残缺的月亮
每当思念被泪水打湿时
便能听到一首
关于八月十五的歌

月光花·给 S

一个洁白的
童话
终于点燃了
一个漫长的
黑夜
于是
我自豪地
对黎明讲
只有我
才能体察到它
隐藏在黑夜中的
激动

白杨·赠L

荒野里
你挥舞绿荫
赶跑苍凉

风雨中
你挺枝拔节
让冬天倒塌

在春天的记忆里
你是清风
你是鸟鸣

母　亲

一脸
抹不掉的
谦卑
为儿女
遮挡了
一世风雨

善良
为您而
盛开

一腔
海纳百川的
胸怀
点亮了
世界的
辽阔

坚强
为您而
永恒

感恩父亲母亲

父亲母亲
永远是
儿女头顶上
那一片
遮风避雨的
天
感恩父亲母亲

父亲母亲
永远是
儿女脚底下
那一块
不会塌陷的
地
感恩父亲母亲

故乡的海

故乡的海
要多大就有多大
它能包容我的全部感情

故乡的海
要多小就有多小
它能珍藏进我的心灵

故乡的海
便是我的母亲

最美的声音

世界上
最美的声音
是母亲的
呼唤

母亲的呼唤
是儿女一辈子
再饮也饮不醉的
一种温暖

父　爱

一口深井
儿女
那一只
浅浅的
桶
怎么量
也量不出
它的
深度

父与子

父亲
是儿子
一座挺拔的
高山
儿子
是父亲
在这座高山上
腾起的一个
又高又飘的
斤头

父亲
是儿子
一个无垠的
大海
儿子
是父亲
在这个大海上
放牧的一个
美丽的
梦

爸爸妈妈老了

爸爸八十六岁
妈妈八十七岁
爸爸的耳朵
聋了
妈妈的牙齿
掉了
白内障
开始盯上他们
糖尿病
开始盯上他们
腿疾
开始盯上他们
失眠
开始盯上他们
老年痴呆症
开始盯上他们
是的
爸爸妈妈是老了
老得让人心酸和心痛
老得有时甚至让人觉得
他们连数钱
都数不动了

但生活的热情
始终笔挺地
站在他们身边
他们只要一有力气
就拼命数动
年轻时的
笑话
年轻时的
奋斗
年轻时的
得意
就拼命数动
年老时的
欣慰
年老时的
爱情
年老时的
信心
最让人感动的是
虽然时下世风日下
但他们看待这个世界
并没有觉得这个世界
瘦了半圈

陪父母看滇剧

剧情已不重要
美感已不重要
只想和父母一起
与时间掰手腕
得胜后
一道高高兴兴
回到从前
好让我
幸福地
躺在妈妈的
怀抱里
畅饮童年
饮个醉醺醺

2019年春节，我为老迈的父母植入了些年轻的阳光

2019年春节
我为老迈的父母
植入了些年轻的阳光

上午
我陪父母一起聆听了
他俩一生挚爱的
滇剧表演艺术家王玉珍演唱的滇剧
《京娘送兄》《白蛇传》和
《数桩》

中午
我在昆明父母居住房屋楼层的
楼道里
搀扶着腿有严重疾患的母亲
艰难地散了一会儿步

下午
我为已有些年老痴呆症的母亲
朗诵了几首专为她写的鼓励她的诗歌
《妈妈，我就是你的故乡》《爸爸妈妈老了》和
《故乡的海》

2019年春节
我为老迈的父母
植入了些年轻的阳光

女　人

一首朦胧诗
你的阅读与
理解
永远只会
滑倒在她
泥泞的
主题中

女人味

一缕幽香的
妩媚
拉直了
男子汉的
铁石心肠

姐　姐

怀春的
心事
行走在
十八岁的
花园里
怎么走
也走不出
左顾右盼和
甜甜蜜蜜

妹　妹

一朵
迷人的
羞涩
躲躲闪闪地
盛开在
山寨的
出口

爱笑的女孩

笑声如铃
搀扶起了
一个个
跌倒的
日子

笑靥如花
宠大了
一枝枝
瘦瘦的
往事

少女的酒窝

1

天地间
盛开的最美丽的
花朵
我只因偷偷地瞟了它一眼
至今
仍找不到家

2

是男人都会说
这是灵魂和肉体
一辈子
都渴望在此
缠绵和遮风避雨的
地方

少女的目光

少女的目光
是迷蒙的
迷蒙如山里雾
走进去了
就算几辈子
都别想再走出来

少女的目光
是迷蒙的
迷蒙如空中月
就算长了一千双眼睛
也别想把它的真貌
看清楚

少女的目光
是迷蒙的
迷蒙如朦胧夜
就算真心从旁边走过
它的高傲
也未必会认得出你

渔网·篝火

——给 R

我希望
你是一张渔网
能捞起
过往的一切
美丽
更能捞起
跌倒后的
一次次
坚强站立

我希望
你是一堆篝火
能烤干
一声声叹息的
苦涩
更能烤干
恼人长夜
不经意间打翻的
一地忧伤

给一位藏族青年男舞蹈家

春风般吹拂的
微笑和
举手投足的
潇洒
瞬间
便舞动我
自信和快乐的
头颅
远远高过
珠穆朗玛峰

给电影《五朵金花》的扮演者杨丽坤

岁月已老
但你的美丽
清纯
善良
笑容与
多情的
眼神
从未老去
每当我在梦境里
一呼吸到你
就像呼吸到了
让人充满
莫名喜悦与
激动的
早春气息

致瑞典诗人特朗斯特罗姆

用凝练
凿亮
一曲曲
真实的
光泽

用意象
放飞
一首首
醒着的
梦

致清洁工

汗如雨下
洗净了大街小巷的尘泥
扫帚轻唱
送城市进入甜蜜的梦乡

黄昏来临
你们在街头巷尾奔忙
时过午夜
还有你们的欢声荡漾

自豪吧，清洁工师傅
城市画卷中有你们高大的形象
在你们宽广的心田里
镀着最洁白的月光

听琼雪卓玛唱《拉萨夜色美》

琼雪卓玛的歌声
有多美
拉萨的夜色
就有多美
天堂
就有多美
拉萨的姑娘
就有多美
少女的百媚柔肠
就有多美
真诚和朴素
就有多美
甜蜜和深情
就有多美
感恩
就有多美
灵魂
就有多美
相爱人儿的背影
就有多美
初恋的情怀
就有多美

生活本来的模样
就有多美
活着
就有多美
我被感动的诗句
流下的喜悦与忧伤
就有多美

读杨慎词《临江仙》

白发渔樵
钓尽了
天下的
豁达

一壶浊酒
烤干了
世间的
叹息

道　士

温婉的
乐声和
歌声
骤然响起
伤痛们
纷纷起飞
争相啄食
这片
声音

家门口的人

一棵不起眼的
树
它撑起的
微笑
可为你
遮挡
昼夜的
风雨

一朵叫不上名的
花
它绽放的
春野
可为你
点燃
四季的
激情

周末野外露营者

周末
入夜
城里到处
是一片
灯红酒绿
于是
只好躲进
郊野或
深山
去畅饮
静谧和
月光那
古典的
清白

题 2007 级李毅同学毕业个展《恋月》

他只画深蓝色
他只画皎洁的月亮
他只画城市的夜空

深蓝色
让我们看到了
纯净的世界

皎洁的月亮
让我们走进了
童话般的世界

城市的夜空
让我们分享了
他青春的孤寂与美丽

题布赛尔摄影作品《踏花归来》

既然
心
已无法摆脱
春姑娘的纠缠
那你就
大着胆子
对她去说
你要承包她的
全部感情

艺术家

上午
若有所思

下午
入木三分

晚上
离地三尺

山　歌

花瓣
飘过去
雨丝
打过来
花瓣
滴落了
阿哥的
心
雨丝
泡甜了
阿妹的
爱

校园篇

云南大学东陆园情思（五首）

——恭贺母校入选中国首批
世界一流大学建设行列

九十五阶台阶

青石板
高高托举起
攀登者的
足迹和汗滴声
日夜咀嚼
春天的
故事

银杏大道

一片片
随风飘落的
金灿灿的
诗句的
美丽
喂饱了
整个秋天

钟　楼

一首长诗
高高耸立在
每个师生的心中
每当它被风儿
吟诵时
便会吊起一个
大大的美丽校园

垂丝海棠

绽放一抹
嫣然
或许只为晾晒
冬日母亲留下的
那一捆
又潮又湿的
衰老与谦卑

小松鼠

清晨
一只只在银杏枝头
觅食和嬉戏的
小松鼠

洒下的欢乐
淹死了万千游子
不尽的乡愁

云南大学呈贡校区拾零

与空气的
丰满
轰轰烈烈地
谈一场恋爱

将阳光的
性感
饱餐
一顿

同银杏树的
茁壮
掰掰
手腕

和泽湖的
清澈
来一个
深情拥抱

到 4000 亩的

雄伟里
去呼吸
空灵

把水蜜桃和
宝珠梨的
浪漫
打包收藏

枕着蟋蟀声的
多情
进入甜蜜的
梦乡

敬礼！云南大学的芳华们

20 世纪 80 年代中叶
云南大学的文艺工作曾经很风骚
1984 年 3 月举办的首届“云大之春”文艺会演
熨平了整个东陆园的寂寞
主持人薛东明同学一个浅浅的微笑
便泡甜了大半个大学校园
柳巧玲同学跳的老媒婆
差点晃断了校园的蛮腰
赵红同学贺震旦同学跳的舞蹈《塔里木夜曲》
曾获昆明市“聂耳杯”舞蹈比赛一等奖名噪春城
云南大学师生艺术团
曾经于 1985 年 2 月和 1986 年 1 月
两次赴云南省马关县前线
慰问正在那里参加对越自卫还击作战的官兵
慰问不仅给参战官兵
注入了巨大的精神动力
也让艺术团全体师生
在情感上真正做了一次士兵
在前沿阵地上
冒着越军炮轰和枪击的危险
王景和同学、杨昆宁同学（张高翔同学）
倾情演唱的歌曲《十五的月亮》和《望星空》

曾经唱哭了无数参战官兵
在演出后台
艺术团团员蔡翼同学曾当场情不自禁地高喊出
“打倒邓丽君，王景和万岁！”这样的燃情口
号
（当时正流行邓丽君的歌曲）
这种情不自禁
充分丈量出了 80 年代大学生青春的厚度
这种情不自禁
充分守护了百年老校云南大学育人成色的尊严
与光彩
这种情不自禁
也将云南大学 80 年代芳华们的青春
定格在了永恒中

大学印象

这里盛产
阳光

这里盛产
思想

这里盛产
青春

这里盛产
力量

这里盛产
责任

这里盛产
担当

这里盛产
情怀

这里盛产

希望

这里的灵魂
没有黑夜

这里的四季
可收割郁郁葱葱

大学校园

在这里
同学们飙的
不是青春
而是一双双
解冻青春的
翅膀

高校呓语

天未亮
地未醒
唯有
晨跑者的
脚步和
晨读者的
声音
开始
跑到校园里
打捞
黎明

高校教师评职称

花样年华和
自尊心
常常被省级和
国家级科研课题的
档次及
核心期刊
学术论文的
篇数
撵得毛飞

采　风

采一缕
清风
永远吹皱
生命中
那一池
渐行渐远的
纯真

毕业时分

白衣飘飘的
年代
最浪漫的事情
就是在毕业时分
大胆地引爆
暗恋
让勇气
高兴得
遍地打滚

游学篇

希腊、土耳其行（五首）

不老的雅典卫城

来到这里
除了震撼还是震撼
除了感动还是感动

2500 多年前
希腊雅典卫城山上
不仅诞生了
著名的雅典娜神庙
伊瑞克提翁神殿和
卫城山门
而且还诞生了更为重要的
民主宪政思想和
古希腊哲学
欧洲的第一个法庭
就诞生在卫城山下
柏拉图和苏格拉底
常在卫城正门对面的小山丘上
进行精彩的哲学演讲
可以毫不夸张地说
这里有历史

有文化
有故事
有精彩
有辉煌
它是欧洲文明和
文化的发源地
虽然如今
卫城高大雄伟的建筑物
早已风烛残年
两鬓斑白
甚至四肢不全
但它的思想依然年轻
它的魅力依旧永存
雅典卫城
依然是当今希腊人
不屈不挠争取胜利的
精神支柱
雅典卫城山
依然是当今全世界
民主宪政的
圣山神山

雅典卫城
催生了希腊人骨子里的
自信
雅典卫城
也催生了其他地球人骨子里的
自信

希腊圣托里尼岛依崖小镇

一排排低矮的
白色小楼
依高高的
崖顶而建
它们是海岛的
翅膀
驮着海岛的
美丽
风情
梦幻与
爱
像子弹一样
飞

访土耳其特洛伊古城遗址

来到古城
已不见古城
只见废墟
只见悲壮
只见 3500 多年前
历经战火洗礼的
木马的
智慧

仍在不停地狂奔
它腾起的四蹄
正日渐叩醒
人类早已丢失的
良知与
童心

人间大美土耳其棉花堡

一头老牛
低头拉犁
辛勤耕耘了
一万年
终于
耕耘出了
土地的
温馨和
满世界的
清白

清晨在土耳其卡帕多奇亚乘热气球

1

只有站在

飞鸟的
肩膀上
才能看得清
岁月
真正的
面孔

2

一大盘
晨曦羞涩
外加一小杯
旭日阳刚
你的
早餐
早已出炉

英国行（四首）

轻轻地，我也来了

在剑桥
我没有遇到
志摩的身影
志摩的脚印
志摩的浪漫
志摩的叹息
志摩的衣袖
我却遇到了
康桥身材的性感
康河柔波的温顺
水中白天鹅的美丽
河畔金柳的窈窕
西天云彩的羞涩
遇到了一列列游学的
热情与冲动
正像正午的阳光一样怒放
遇到了四周辽阔绿草坪的
微笑与开放
遇到一首好诗在这里
如国王般的待遇

遇到了浮躁内心
失散多年的静谧

英国巨石阵

膀大腰圆
从不说一句话
但实际上
它一直在深情地
诉说着什么

是表现
人类自身的
恐惧?
还是表现
人类对自然和
异族的
震慑?

或许
永远摆出一种
决斗的
姿势
只是想秀一秀
远古人类
智慧肌肉的
好斗与强悍

田野英国

这里没有
传统印象中的
高楼大厦
没有污染
喧嚣与
奢华
有的只是
悠然地
躺在绿色田野里的
一幢幢
低矮洋楼的
美丽
有的只是
乡村真切的
自然
生态与
宁静
有的只是
漫山遍野
不断绽放的
绵羊的
温柔

英国拾零

泰晤士河

一条河流
拯救了
一座城市的
美丽

国会大厦

民主
常常在这里
打架
头发散落了一地

大英博物馆

与一片片绝美的风景
握握手
一辈子洗手
仍有难言的滋味

英国绿草地

伸一伸
腿
便掉进了
海里

美国行（九首）

哈佛大学

1

刚一走进哈佛大学校园
心便被哈佛铜像强行拖走
心甘情愿
为知识和寂寞卖苦力

2

立在世界思想和科学殿堂的
一首史诗
让千万里之外的无数学子
日夜跪读

曼哈顿

林立的
摩天大楼

杀死了世界的
孤独

无限的
商机
永远是这里最迷人的
微笑

夜晚时代广场

满天星宿
掉进了
一个
鸟窝

千万块
白手帕
擦亮了黑夜的
困惑

登顶洛克菲勒大厦

圣洁的
向往
堆砌起了
雄心万丈

难忘的
初心
托举起了
世间卑微

自由女神像

走近她
我看见一朵花
绯红了一树
娇羞

远离她
我看见一把伞
常开放在多雨的
季节

航天博物馆

步履
剪断风雨

翅膀
剪断苍穹

勇气
剪断风险

梦想
剪断平庸

科罗拉多大峡谷

上帝的一个
媚眼
令天下众生
纷至沓来

一条大河的
奔腾
让时空纷纷在此
坠落

好莱坞环球影城

一个创意
变成了一本书

一本书
变成了一部电影

一部电影
变成了一种时尚

一种时尚
变成了一个产业

夏威夷沙滩

夏威夷沙滩
长发飘飘
撩动了太平洋的
心事

夏威夷沙滩
婀娜多姿
晃断了四季的
蛮腰

夏威夷沙滩
妩媚多情
枕断了风尘的
大腿

斯里兰卡行（八首）

尼甘布鱼市

沸腾的鱼市
沸腾的生活
沸腾的
一颗颗
手忙脚乱的心

米日内亚国家公园野象群

一坛坛
森林烈酒
饮醉了几多
人生的
苟且与无奈

狮子岩

雄心万丈
把一片美妙的

风景
站成了
雕像

佛牙寺

佛的牙
佛的心
佛的善良
永远在为天下苍生
而打坐

康堤大学

树荫
遮天蔽日
学校所有的
荣誉
都生长在树荫里

红树林

陆地抛给海洋的
一个媚眼

羞赧难掩心跳
赤裸的爱
即将抵达

高跷钓鱼

一根
无钓之竿
钓尽了人间的
浪漫与
执着

海滨火车

海岛的
发梳
日夜梳理着
春天的
心事

日本行（十二首）

大阪居酒屋

一盘刺身
强壮了
一个
民族

一个寿司
喂饱了
世界的
寂寞

一壶温酒
饮醉了
生命的
苦难

京都古建筑

岁月
集体禅坐

风雨
继续切磋

日月
守护大唐风韵

京都国际漫画博物馆

《阿托木》
骑着
想象力
一路颠来
便成了
《机器猫》

京都嵯峨岚山竹林径

云雀
衔一节节
暖阳
归巢

蝉鸣
渡一片片
清风

入梦

东京秋叶原动漫城

年轻的
翅膀
在这里
酷炫

内心的
声音
在这里
风餐露宿

东京新宿夜景

神秘依着
神秘
守望
满天星宿

影子牵着
影子
走向
羞涩深处

女生水手服

蓝
潮得像
梦
神秘而
深邃

白
嫩得像
童年
简单而
美好

穿和服的女孩

把一朵朵
春天
大大方方地
穿在身上
优雅和
恬淡
是春天们
发出的
轻轻的
鼾声

日本女人

笑
能遮挡
风雨

腰
射得下
日月

脚
踩不死一只
蚂蚁

东瀛之净

在日本
纸屑和
矿泉水瓶
很孤独
所有的大街小巷和
公共场所
都穿着一件
紧身的
皎洁

在日本听海

我读的
不是她
银铃般的
笑声
而是
天空

我读的
不是她
十八岁的
灿烂笑容
而是
家

新干线

鹰
在天上
走

火车
在地上
飞

心儿
溜进了
千万缕阳光

香港行（三首）

香港一瞥

香江两岸
不断疯长的
一片片
美丽
花香袭人
瞬间
便淹没了
整个四季

在香港大学听课

呼吸英语
咀嚼热烈
尊享专注
触摸神圣
想象力
被推拥
好奇心
被阳光

绊倒在
太平山下

香港的红绿灯

香港的红绿灯
最多
有路口
就有红绿灯
有红绿灯
便能听到警鸣声
在微笑

香港的红绿灯
是一把
标尺
时时
丈量着
一方土地的
文明

香港的红绿灯
是一个个
热吻
吻得你的
粗野羞愧难当
不敢肆意妄行

人生篇

我这一辈子最钟情的时刻

我这一辈子
最钟情的
时刻
是在读大学时
随老师和同学一起
到泸沽湖边去
进行民间文学采风
清晨
在湖边
一个人手捧着泰戈尔的
诗集《飞鸟集》
在进行忘情的朗诵
我这不是在附庸风雅
也不是在作秀
更不是去勾引
房东老村长家女儿的
多情与美丽
我这是在阅读晨曦
阅读清风
阅读鸟鸣
阅读熙日
是去由衷地享受

与泰戈尔美丽诗句
一起发呆的
快乐

人　生

人生姓拼
拼搏
刷靓了
春夏秋冬

人生姓笑
笑声
分娩出了
整个世界

人生姓坚
坚韧
烤熟了一个个
香喷喷的日子

我的青年岁月三部曲

“文革”岁月

父亲
被“造反派”吊打的
惨叫声
阉割了我的
童贞

知青岁月

在青春的
脸庞上
镌满了
无奈与真爱的
时光

大学岁月

汗滴声和
独立思考

穿堂而过
胸襟之门
洞开

初　心

幼儿园里
永远不会走失的
口水
开裆裤
滑梯
跷跷板
积木
蜡笔
纸飞机
捉迷藏
肥皂泡
筋斗
喃喃自语
含在嘴里的食指
好奇心和
如花笑靨

童　年

火塘边
土茶罐
不一会儿工夫
妈妈
用一个
微笑
便烤熟了
一个个
水汪汪的
清晨和
一个个
香喷喷的
故事

童年记趣

掏麻雀
不小心
从梯子顶上
摔下来了
倾倒的
梯子
摔痛了我的
顽皮

拾柴火
心急切
偷爬马车赶路
被师傅的皮鞭
抽了
师傅的皮鞭
抽醒了我的
童年

躲猫猫
哪怕你
躲到女厕所里
都能被发小的惊叫声

揪了出来
发小的惊叫声
帮我一次次溶解了
突如其来的虚空

滚铁环

滚动文物
滚动童年
滚动青涩
滚动稚趣
滚动梦幻
滚动美丽
滚动快乐
滚动自信
滚动一点
冲动

乳　名

一颗糖
爸爸妈妈和
发小
一辈子
紧紧把她
含在口里
用甜蜜
隆重
款待了
我的
一生

回故乡

不在乎
吃什么美味
只是想
多嚼几口
童年的
体温

不在乎
去哪里游玩
只是想
被初恋的
心跳
绊倒

不在乎
住在哪里
只是想
能依偎紧
母亲的
唠叨

不在乎

明日何时又要远行
只是想
今夜慢慢安顿好
难离的
泪水

退休回故乡

满眼
都是四处乱窜的
童年

举步
都是拥挤不堪的
乳名

乡　愁（一）

是母亲那一声
隔着山梁都听得见的
深情呼唤

是见到心爱姑娘时
那一阵止不住的
狂乱心跳

是蓝天上
四季如绵羊般不断绽放的
悠悠白云

是青色瓦沿上
那一串串高悬的
晶莹雨滴

是菜园里
那翠绿欲滴的
款款原生态

是家家书房里
那大风都吹不散的
缕缕墨香

乡　愁（二）

乡愁
就是想故乡丽江的
时候
身在昆明工作和
生活的我
一个人
悄悄跑到
云南民族村的
纳西族村
去吃丽江小吃
鸡豆凉粉
吃了一碗
又一碗

乡愁
就是竖着耳朵
去听久违的
丽江话
好用甜美的
乡音
美美地
自己

犒劳一下
自己

思　乡

抽一支
往事
让我的
记忆
永远不会
发黄

喝一口
童年
让我的
初心
每天和阳光一起
醒来

嚼一颗
初恋
让我的
爱
择一城
终老

想故乡

想故乡
我怕我想得
睡着了
于是
赶紧
把她放进我的
心房里
好让心跳
日夜去
敲打她的
门

年　味

一副春联
静静地依在门脖子上
一遍一遍
梳理着初春难言的
心事

一串鞭炮
争相登台亮嗓子
狠狠地
抽打着残冬孤独的
背影

一套新衣
穿得美丽又时尚
只为来年能更好地承载
恼人的
乡愁

一封家书
虽不能回家过年
但来时的路和归去的方向
始终记得长辈平安的

叮咛

一桌团圆饭
吃什么山珍海味已不重要
只是想细细嚼一嚼
那无价的
亲情

那些年

碧澄澄的
蓝天
始终挂在
树梢

翠绿欲滴的
空气
住满了各家的
小院

清脆的
鸟鸣声
一直在房前屋后
蹦蹦跳跳

水汪汪的
瓜果蔬菜
四季都为你绽放着迷人的
笑脸

诱人的土猪肉的
香味

穿街过巷
尖着嗓子喊夕阳

甜蜜蜜的邻里间的
暖心问候
一不小心
就会迎面与你撞个满怀

归隐半小时

关掉欲望
关掉想象
只留下
随性
这个词
晾晒
远山的青翠
袅袅的炊烟
田野的蛙鸣
和风的
含情脉脉

感悟堆雪人

不安分的
雪
咬破梦境
童年
喷涌而出
溅湿了
一串串
热乎乎的
笑声

无 题

1

远方的
风景
总比身边的
美丽

2

冬树去掉所有的
修饰语
更显得
性感撩人

3

天空轮番绽放
日月星辰
是想撑破你的
苦难

4

光阴锈了
需要一枝嫣红
来擦靓它面容的
娇好

断　想（一）

1

心和心的交谈
只有目光
才听得懂

2

露水打湿黎明
是因为它不忍心离开
养育它的母亲

3

闪电撕裂黑夜时
月亮总会落下
感激的泪滴

断　想（二）

天空
是飞鸟
走出来的路

大地
是江河
走出来的路

高山
是风雨
走出来的路

大海
是鱼儿
走出来的路

宇宙
是繁星
走出来的路

哲思短笛

青　春

在疯狂的
岁月里
我常常梦见自己
骑着一把扫帚
从窗户里
飞出去

女人体

一首优美的
朦胧诗
她能使你的
想象力
永远轮番
咆哮上演

人　生

要像风儿一样
淡定
要像云儿一样
自由
要像花儿一样
怒放
要像树叶一样
安详

抽奖及其他

抽　奖

单相思
在一片
海市蜃楼里
做爱

炒　股

一句
甜言蜜语
淹死了几多
弄潮儿

清　澈

清澈
不在远方
而在
心底

行囊虽小

行囊虽小
里面却装满了
父母的叮咛
恋人的眼泪和
故乡的炊烟

行囊虽小
里面却装满了
晨露的晶莹
鸟鸣的清脆和
花蕾的绽响

行囊虽小
里面却装满了
奋斗的初心
飞翔的勇气和
闯荡的欣慰

看老照片

每次打开
老照片
心里
总是五味杂陈

其实
每一张老照片
都是一个
故事
每一张老照片
都带着逝去岁月的
问候
每一张老照片
都藏着自己或亲友的
笑脸

老照片虽然发黄了
但里面的故事
依然温馨
老照片虽然破损了
但里面的问候
依然真切

老照片虽然模糊了
但里面的笑脸
依然销魂

老照片是老家
每当我在外面拼打得
身心疲惫时
总想躲进老照片的
惬意里
住上几天

拴红辣椒

把一串串
红红火火的
日子
拴起来
挂在自家
房檐下
美瞎
四季的
风雨

重看露天电影

一群懵懂的
往事
又开始正襟危坐
美滋滋地独自品尝
童年
那一串串鲜亮的
日子和
在广场四周乱窜的
姑娘那火辣辣的
目光

岁　月（一）

是被阳光
点燃的

是被高山
领大的

是被清泉
扮靓的

是被鸟鸣
拉长的

是被疾风
揉皱的

是被雨滴
打落的

岁　月（二）

岁月
是一把
长鞭
抽瘦了
相思

岁月
是一滴
眼泪
泡大了
故乡

小　屋

在喧嚣的尘世中
我常住在一间宁静的
小屋里
这间小屋
虽然已很陈旧
甚至没有像样的家具
没有厨房和卫生间
但里面却住满了
春风和春雨
住满了
宁静和温馨
住满了
快乐和自由
住满了阅读和思考
住满了李白和杜甫
每当我诗兴大发时
我都会向他们虚心请教
并与他们促膝谈心
最让人感到惬意的是
每天晚上
我的自在
都会枕着星光睡觉

每天清晨
我的温情
都会被鸟鸣声唤醒

冬日某星期天

打一场
篮球

翻几页
明清艳情小说

写一首
小歪诗

陪父母
吃一顿饭

思念一会儿
儿子

对着铁路远方的尽头
发一阵子呆

被老婆
臭骂上几句

与阳光
淫荡地纠缠一个下午

我想，我肯定是被春风啃着了

心烦意乱
我才到桃花园里
走了走
我诗句的
儒雅
便开始
在旷野里
遍地打滚

我想
我肯定是被春风
啃着了

春心萌动
我才到美女堆里
转了转
我爱的
矜持
便开始
在大街上
到处乱跑

我想
我肯定是被春风
啃着了

病中偶得

健康的确比钱财更重要
健康的确比浮名更重要
一个人活在这个世界上
哪怕你是一个穷光蛋
但只要你拥有健康
你就是一个成功者
你就是一个富有者
你就是一个被幸福打脸的人
有了健康
你就可以远离药物
远离针剂
远离手术刀
远离疼痛
远离煎熬
远离痛苦
远离孤独
远离恐惧
远离眼泪
远离绝望
你就可以拥有明媚的春天
你就可以拥有灿烂的阳光

你就可以拥有洁净的空气
你就可以拥有含情脉脉的青山绿水
你就可以拥有婀娜多姿的蓝天白云
你就可以拥有如花似玉的美女笑靥
你就可以拥有激情四射的球场梦幻
你就可以拥有恼人而又幸福的
家长里短、儿女情长和成功喜悦
你就可以每年八月十五都有月饼吃
你就可以每天手握黄昏
愉快地和炊烟一起回家

生命的形状

生命没有形状
生命的形状不是人
也不是神
更不是一棵树
一只鸟
一条鱼
一片云
生命的形状
不仅仅只是
活着
生命不会消失
生命的形状
就是宇宙的形状
阳光的形状
空气的形状
声音的形状
水的形状
风的形状
诗歌的形状
远方的形状
思念的形状
爱的形状
心痛的形状

美国 NBA 篮球赛

巨星云集
他们都是
一位位客商
他们贩运的
是身高
梦幻
优雅
飘逸
曼妙
激情
力量
侵略性
统治力
血脉偾张
心惊肉跳
不可思议
尖叫声
荷尔蒙
美
创造性和
想象力

打篮球时的感觉

打篮球时的感觉真好
在一个没有英雄的年代里
你能在球场上寻找到一种
作为英雄的感觉
什么叫横扫千军如卷席
什么叫一剑封喉

打篮球时的感觉真好
在一个没有男人的年代里
你能在球场上寻找到一种
作为男人的感觉
什么叫顶天立地
什么叫绝处逢生

打篮球

打了半辈子的
篮球
最终搞清楚了一个
真相
其实我打的
是不尽的
寂寞
小美女的
尖叫声和
十八岁
砸在地上时的
嘭嘭声响

和美女一起打篮球

男人和美女一起打篮球
其实都很装佯
他们表面上是在打篮球
实际上是想在美女面前
大刷男人的存在感
他们想在篮球场上
让美女知道
什么叫横扫千军如卷席
什么叫一剑封喉
当然
男人最私密和甜蜜的想法是
想在篮球场上
故意制造和美女
亲密接触的机会
好在不经意间
名正言顺地
去扶扶美女的腰
去撞撞美女的胸
去遛遛美女的美
因为男人知道
在篮球场上
他们扶着扶着

就变成奔驰宝马了
他们撞着撞着
就变成乔丹詹姆斯了
他们遛着遛着
就变成真男人了

等　待

等待是一种煎熬
等待是一种幸福
尽管车站上
早已空无一人
尽管我不知道
那趟班车是否还会
准时到达
但我仍愿意
继续等待
因为我喜欢看见
希望冒顶时的
灿烂笑容
因为我喜欢享受
等不如等不着时的
坚守的力量

最美丽的等待

阳光
是黑夜对黎明
最美丽的等待

彩虹
是风雨对蓝天
最美丽的等待

嫩芽
是酷雪对暖春
最美丽的等待

绿荫
是幼苗对森林
最美丽的等待

心跳
是青春对爱情
最美丽的等待

思念
是离别对相聚

最美丽的等待

笑靥
是痛苦对欢乐
最美丽的等待

胆识
是懦弱对刚强
最美丽的等待

信心
是失败对成功
最美丽的等待

行动
是承诺对梦想
最美丽的等待

欣然
是汗水对奋斗
最美丽的等待

乐观
是衰老对年轻
最美丽的等待

啼哭
是死亡对新生

最美丽的等待

宁静
是浮躁对真我
最美丽的等待

选　择

选择了高山
就选择了坎坷

选择了大海
就选择了动荡

选择了阳光
就选择了风雨

选择了黎明
就选择了黑夜

选择了爱情
就选择了眼泪

选择了安静
就选择了孤独

选择了执着
就选择了磨难

选择了欢乐

就选择了痛苦

选择了成功
就选择了失败

选择了奋斗
就选择了折腾

在绝望中寻找希望

夜晚是积极的
把用凉的蛙声拾起来
把用钝的星光拾起来
把用碎的露珠拾起来
把用旧的鸟鸣拾起来
把用醒的梦拾起来
在绝望中寻找希望

失恋是美丽的
把用浑的泪水拾起来
把用老的心跳拾起来
把用薄的思念拾起来
把用瘦的甜蜜拾起来
把用没的冲动拾起来
在绝望中寻找希望

微型诗一束

云　南

你之所以如此美丽
是因为脖颈上四季都缀满了
蓝天和白云

云南乡村原生态歌舞

大山深处一株刚破土而出的
带着晶莹露珠的
十八岁的心情

品云南鲜花饼

咬一口春天美醉你的四季
捧一张笑脸
迎娶你的初恋

昆 明

花瓣
打碎了
冬天

昆明人

每天背一大筐春天回家
随时可将惬意
饱餐一顿

石林

云岭高原一颗颗牙齿的美丽
紧紧咬住了蓝天白云的惊艳和
春天的高度

昆明西山龙门

赶着一群
云朵
不断往上跑

呈贡水蜜桃桃香

沸腾的呈贡水蜜桃桃香
风情万种
它们绑架的是一颗颗高傲的风骚

大理蝴蝶泉

蝶儿串串
那是在垒砌春天的
高度

玉龙雪山云杉坪

是每一个情圣
都心甘情愿被爱
淹死的地方

虎跳峡

老虎一打喷嚏
心惊肉跳
便会感冒

白马雪山

永远是那个骑着圣洁
追赶日月星辰的
美少年

元阳梯田

鬼斧神工
梦幻迷离
无言的大地诗篇

西　藏

雪山草地的款款深情
煮沸了阳光和游客的
无限向往

老教授

举一头白雪
照亮学子
黑夜里读星星

大学教师

乐此而不疲的
青春
擦洗工

老同学聚会

滚烫话语
互溅对方一身
青涩

西南联合大学

一骑绝尘
拉直了弯曲的
民族脊梁

未婚同居

才到冬天
就挥霍了
夏季

西　施

莞尔一笑
整个中国历史
都晚点

淑　女

一棵冰清玉洁
开满了一树
娴静　甜美与温柔

青　春

四季
飘过的一抹
绿韵

初　恋

一条清清的小河
里面游满了
诗

他留人青春棚

棚子虽小
里面却住满了
心跳与冲动

屈　原

一声仰天长啸
缝补好了几多
国破家亡的破衣烂衫

诗　人

永远穿着开裆裤
行走江湖的
人

穷诗人

钓了一辈子的鱼
只钓到几条瘦瘦的
床前明月光

现代诗

一行诗
可同时睡几个
枕头

八十岁以上老人吃免费自助餐

不是去贪图小便宜
而是去细嚼慢咽
那一大桌子的无上荣光

故乡的小路

一道道母亲温暖的目光
时时在拉直我人生
曲曲折折的岸

春夜听雨

淅淅沥沥
母亲自雨中来
又在帮我一针一线补乡愁

牧　童

一支短笛
吹醒了整个羞答答的
黄昏

街头歌手

一缕流浪的风
吹皱一池春水
激起些许淡定

看滇剧《王宝钏》

一口寒窑
十八年酿制出人间真爱美酒
饮醉华夏上千年

妓　女

裤裆底下
藏
春秋

老　鸨

在女人脸蛋上
掀动
黄昏

禅　寺

方寸虽小
却容得下一个大大的
天地

红嘴鸥

一双双春天的翅膀
把整个云岭高原和衰老的冬天
煽情得直喊不要不要

蚊　子

谁敢藐视我
我就绑架谁的
睡眠

乒乓球赛

没有爱的
吻
谁都不想要

思　想

长肥了
都难逃被宰的
命运

治疗糖尿病

用健康生活方式
耗死高血糖和
并发症

春姑娘

一甩秀发
便擦净了大地上所有的
寂寞

踏　青

与春天的萌动接个吻
披一身初恋的心情
回家

春　雨

云雀衔一片
相思
在空中肆意泼墨渲染

春　花

红彤彤的
小嘴
吻红了春天的心事

桃　花

春天说给三月的悄悄话
正巧被风儿听到
泼了一旁的桃树一身娇羞

夏

一只蚊子
击落了整个
夏天

夏日饮品

炎炎夏日喝点什么好呢?
喝点初恋的羞涩
最解渴

夏日美少女

一条腿
便照亮了整个
世界

走吧，夏日

夏日就要过去秋天就要来到
从今天起不再担心
蚊子会来打扰我的忧伤

疾　风

字字句句
读的都是
寂寞

秋　叶

诗句欣然飘落时
不慎撞到了
乡愁

落　叶

疾风
一鞭子甩落了秋天的
羞涩

秋日畅想

落叶纷飞全都是故事
瓜果坠地
那是英雄在谢幕

池　塘

蛙声悠悠
那一定是在帮我打捞
童年丢失的思绪

荷

荷的高洁
只有夏日的热情
能读懂

荷　叶

春天丢失的一块手帕
静悄悄地在擦拭
夏天的浮躁

火　把

山寨不屈的信念
村姑
多情的眼睛

清晨鸟鸣声

一嗓子
便把黎明摆渡到了
对岸

公款请客

吃断了
几条
街

21 世纪之中国

自行车倒了
都要压着几个
贪官

三　月

一蓑烟雨
钓尽了春天的
扭扭捏捏

十　月

瓜果飘香
诗句飘落
云雀醉倒在四方

冬　日

高高举起阳光
任性地在自家房前屋后
种乡愁

冬日阳光

妈妈
温暖的
手

土　豪

有钱
没文化
说话做事瘦成诗

高危病人

树尖上的最后一片树叶
只等那微微
一阵风

清明节

一壶泪雨
竟淹没了一个明媚的
春天

韩国电视连续剧

吃一碗米线
都要拍
三集

中国共享单车

满大街
躺着的都是
诚信缺失

听音乐

只想把心情
打扮得漂漂亮亮
去靓丽人生的一声声嗟叹

土茶罐

妈妈用一个微笑
便烤熟了一个个香喷喷的
清晨

油　灯

闺房里多情的眼睛
看得黑夜
立马交出怯懦

皱　纹

这一根根细细的纤绳
哪拖得动那久已搁浅的
沉重心事

回首往事

我不停地翻弄记忆
只想找回旧时的
纯粹与鲜活

锁

能锁住黑夜的过往
却无法锁住
晨曦的乍放和雄鸡的打鸣

去公园听歌

让开心
温暖一次
寂寞

竹

思念摇曳
点燃了静的
冲动

听草原歌曲

开心骑着悠扬
一路疾驰而去
便成了辽阔

读李白诗歌

奔腾不息的黄河之水
在一头白发上
泛黑

中国六月高考

考场里
挤满了青春的
芬芳与挣扎

中国男足

男生宿舍里
一大堆臭袜子
放在一起的味道

中国女排

蓝天从未放弃过与风雨的殊死切磋
天空
最终绽放出了一缕缕迷人的阳光

谷子黄了

一根稻穗
便钓起了
整个金秋

中秋月

苏轼背着沉重的乡愁强行闯关
挣大并蹭亮了那一轮皎洁的
李白

你的名字

你的名字
是我的心脏
它时时刻刻都离不开跳动

诗　评

能打动时间的诗歌

——读《和家胜作品选集》

郑千山

由云南大学出版社出版的《和家胜作品选集》是一本好书，值得一读。和家胜兼写散文和文学评论，专攻现代诗的写作。在该本作品选集中，收录了他的 6 篇散文、7 篇文学评论和 260 首诗歌。在此，我们仅谈他的诗。

和家胜先生是云南大学教育名师（曾获国家级教学成果二等奖），在文学研究、艺术学以及新闻学等领域，成果斐然。但他还是一位勤奋异常、作品累累的诗人。据不完全统计，30 多年来，他创作出版的诗集有《我的五月》《最美丽的等待》《回到故乡，大地一片金黄》《和家胜诗选》《和家胜作品选集》等多种，发表诗歌作品数百首，诗歌成果数以千计，令人赞叹。

从和家胜诗歌创作的时间坐标来看，他数量众多的诗歌作品，基本上都是循着“意象派”的唯美路子进行的。他的作品没有长诗，口水话很少，注重含蓄，注重节奏，注重美感，注重意境，注重感悟。我们不妨随手拈来几首看看：“关掉欲望 / 关掉想象 / 只留下 / 随性 / 这个词 / 晾晒 / 远山的青翠 / 袅袅的炊烟 / 田野的蛙鸣和 / 风的 / 含情脉脉”（《归隐半小时》）“深山 / 放牧死一般的 / 沉寂

// 风 / 被阳光 / 挡在门外 // 树荫 / 始终 / 一言不发 // 我只好拎着自己的 / 影子 / 赶快出逃”（《深山与沉寂》）“一口深井 / 儿女 / 那一只 / 浅浅的 / 桶 / 怎么量 / 也量不出 / 它的 / 深度”（《父爱》）。他写故乡，写亲情，写爱情，写校园，写一切他所熟悉的事物，并在其中提炼出唯美的诗意，从中冶炼出人生的格言、励志的精神和思索的空间。其字里行间，皆是作者对诗歌满满的挚爱。

和家胜诗歌创作遵循了诗歌意象的一些基本原则，即“以鲜明、准确、含蓄和高度凝练的意象生动而形象地展现事物，并将瞬息间的思想感情溶化在诗行中。”他一直在努力做到语言的通俗准确，题材完全自由，寻找具体、简练、浓缩的意象，创造全新的节奏，并且“要含蓄，不用直陈”（英美意象派诗人洛威尔语，见其诗学主张）。他的诗，诗题与诗歌本身形成的一种“互训”关系，就像我们传统文化中“名”与“字”“号”，有一种形式上的美，而他的审美观则隐含在“互训”的陈述中。阅读他的诗歌，这种关系比比皆是。比如：“除了生与死 / 别的事 / 都不叫事 // 要敢于 / 不圆满 / 才会圆满”（《人生》）；“上帝 / 散步的 / 走廊 / 美丽在四周格斗”（《丽江》）；“一首朦胧诗 / 你的阅读与 / 理解 / 永远只会 / 滑倒在她 / 泥泞的 / 主题中”（《女人》）等。

和家胜是诗歌隐喻功能的坚持者。他说“诗贵含蓄。我坚决反对‘拒绝隐喻’；诗言志，我力挺诗歌‘载道’”（《诗歌创作手记》）。他履行着他的主张，把生命中所见、所闻、所思等等，经过萃取，转化为短小、精致，可以把玩、回味的诗章，他在这样的“美”中着力与陶醉：“举一头

白雪 / 照亮学子 / 黑夜里 / 读星星”（《老教授》）；“车轮 / 在不停地 / 翻阅四季的 / 风景 // 炊烟 / 在红色的大地上 / 自由地 / 写诗 // 藤蔓 / 伸出多情的 / 双手 / 挽住过往的美丽”（《云岭高原冬日一瞥》）；“欢乐而热烈的 / 美丽 / 疯狂地 / 种植 / 温暖”（《彝族左脚舞》），“选择了高山 / 就选择了坎坷 // 选择了大海 / 就选择了动荡 // 选择了欢乐 / 就选择了痛苦”（《选择》）。这些诗，与汪国真的诗有“异曲同工”之妙，是哲理，是感悟，亦“是一份责任”（作者语）。

作者声言“不意象，无以诗”，这是他的追求。他的诗中，有唐诗宋词的影子，且不难看出有早期顾城、北岛以及台湾现代诗歌的影子，当然也离不开英美“意象派”诗歌的影子。和家胜诗歌创作的路子与方向是十分正确的，他致力于捕捉美丽的诗歌意象，首先就为他的生活与生命带来了绚丽、斑斓的色彩。纵观这几年中国新诗坛，“口语诗”（其实绝大部分只能称为“口水诗”）过于泛滥，粗制滥造。随意喷涌的“口水”，败坏了读者的胃口，也降低了如美国诗人弗罗斯特力倡的“口语诗”的审美标准，审美趣味的低俗，令人难以卒读。重塑诗歌崇高、唯美、载道（都是作者的创作主张）功能，是“当世所必需”，和家胜正是这种创作道路的积极践行者。

和家胜的大学毕业论文题目是：“论诗歌的含蓄、朦胧与晦涩”，可见其对诗歌的酷爱。其写诗数十年，笔耕不断，成果丰硕，至今已形成唯美、率真、精练、明丽的诗风，且自成一家。他的诗歌代表作主要有：《挂在蓝天白云上的云南》《春城昆明》《丽江古城四方街》《红嘴鸥》《村韵》《夏日》《大海是一位了不起的抒情诗人》《云南大学东陆园情思》《西双版纳三章》《滇西四题》《爱》《向餐桌上那盏永不熄灭的台灯致敬》《在万千人中我一眼就看到了你》《踢足球是纳西男孩的成人礼》《一个乡村茶馆老茶客的自在》《乡愁》《年味》《那些年》《看老照片》《老爷子》《日本行（十二首）》等。这些诗，有真诚，有激情，有意象，有直击心灵的美，读后会被长长地感动。这些诗歌发表后，在全国诗歌界和读者中产生了较好的影响，并受到了广泛欢迎和好评。如今，在云南高校，学生们举行文艺晚会，常常会朗诵和家胜的诗歌。而他的不少诗歌，还被老师和学生谱上曲，在同学们中广为传唱。

和家胜被誉为“云南的短诗王”。其以擅长写抒情哲理短诗而著称。他至今已写出微型诗歌百余首，是云南微型诗创作的领军人物，在全国已有较大的影响。他认为，微型诗是为适应现代人紧张而繁忙的工作和学习而产生的一种新型诗歌形式。其最大特点是：高度凝练，诗味更浓，具有极强的穿透力。在此，我们不妨来分享三首他的微诗代表作：“即使年龄被毁容也决不把自己藏起来 / 每天仍要勇敢地照镜子 / 要让真情实意永远能看到自己如花似玉”（《让爱情开心的办法》）；“在这里同学们飙的不是青春 / 而是解冻青春的 / 翅膀”（《大学校园》）；“只因为你把背影留给了清泉 / 只因为你把微笑留给了春野 / 只因为你把温柔留给了长夜”（《在万千人中我一眼就看到了你》）。

“是诗非诗，皆以意象论之。”和家胜是诗歌隐喻的积极支持者、参与者和受益者。而隐喻是用一种事物暗喻另一种事物，在现代诗歌中它则是突破词句之间习惯联系的先锋性手段，把一些似乎毫无关联的事物联系到一起，从而打破了事物与事物之间的隔绝，让审美体验进入到无限广阔的天地，诗歌的境界由之而“精骛八极，神游万仞”，其功用妙不可言，理应受到极力推崇。

能打动时间的诗歌！这是读了和家胜诗歌后给我的最强烈的印象。我真诚地祈望，和家胜能在约翰·多恩、史蒂文斯、布罗茨基、沃尔科特等诗歌大师们践行的诗歌伟大“空性”的启发下，坚持隐喻，冶炼意象，进一步，再进一步，让他的诗歌插上更加美丽的翅膀，飞得更高，飞得更远。

（该文原载于2019年8月9日《云南日报》）

那故乡的风和故乡的云

——和家胜其诗其人

管郁达

和云南美好的天气一样，在我的印象中，家胜先生就像是祥和、温暖的蓝天、白云和晚霞。他待人以诚，心地善良，远远望去，一派祥云，如沐春风。对于他，我一直尊敬有加，有如兄长。

我知道，他20世纪80年代初毕业于云南大学中文系，专攻新闻传播学，写过很多有分量的文章，还做教育行政管理工作，是云南艺术设计教育的探路者之一。我也知道，他工作之余，一直坚持写诗，而且坚持了几十年，出版过《我的五月》《最美丽的等待》等多部诗集。家胜的诗，其最大特点是：诗味浓。他喜欢用真情写诗、用意象写诗，并在国内报刊上发表过百余首诗歌。且已形成自己唯美、率真、朴素、精练、大气的独特诗风，在国内诗坛上享有盛誉。我还知道，在云南高校，青年学子们在举办诗歌节或文艺晚会时，常会朗诵他的诗歌。他被赞誉为云南的“短诗王”。在中国诗歌界，其拥有众多的“粉丝”。曾有不少他的“粉丝”这样称赞他道：“和家胜的诗，如淡彩画，清新可人。”“读家胜的诗，有一种甜到骨子里去的感觉。”

对于诗人，我多半心怀敬意。尽管我自己不是诗人，也不敢以诗示人。今天这个时代，是一个贫乏者自身陷入贫乏而不知的时代，现实生活中的诗意和美感已经被各种物质主义欲望洗劫殆尽。一个人写诗，就意味不甘沉沦、自我的救赎和对生命的觉悟。所以，“哪里有贫乏，哪里就有诗”（海德格尔语），诗意的源泉，其实就开启于我们生命的觉悟和对自然的发现。这点，在我有限的诗歌阅读体验与家胜先生的这本诗集中，也得到了印证，此言不虚。

家胜先生的诗集《回到故乡，大地一片金黄》收录了他这些年来创作的百余首诗歌。这些诗歌，诗味浓郁，既有还乡之路的咏叹，也有人生的思绪与情爱的缠绵，更有敬畏自然、返璞归真的情怀。这是家胜先生赤子之心和诗人情怀的真诚流露。诗如其人，他的诗与人品是统一的，没有人与自然的分别心和个体身心的分裂、异化。他用理性和激情去擦亮一块块生命之流中的石子，艺海拾贝，点石成金，重新唤醒我们对自然、生命、爱情和家乡的尊重、回忆、敬畏、温暖与回家的感动。

生命激情是艺术常青的源泉。家胜先生的诗歌创作生涯，细水成流，积跬步而至千里。虽无丝竹管弦之盛，但在一觞一咏之间，也成就了自己的一片天地。他的诗歌创作，扎根于云南丰盈大地的母体，写出了生命的体温。已经成为他们这一代人生命中一道无法替代的风景。究其原因，他是一个行走在乡间小路的歌者，一个敬畏自然的纳西山地之子，他丰富的经历和率真的风骨，使其永葆青春和赤子之心，胸怀生命激情，他的诗歌因此洋溢着浓烈的浪漫精神。这是他的诗歌保持艺术常青的最重要的源泉。

文学意境是艺术常青的象征。洋溢着强烈的真挚的生命激情的同时，家胜先生的诗歌具有对于文学意境的永不停顿的追求。他认为诗歌应该“有意有象”，通过巧妙的构思，创造出抒情与意境相结合的让人长久深思的独特的美感。他的《回到故乡，大地一片金黄》《最美丽的等待》《归隐半小时》《父爱》《永胜三川坝》《程海湖》《让爱情开心的办法》《拾起一片银杏叶，拾起一个秋天》《深山与沉寂》《丽江的味道》等篇什，运用抒情手法，创造了过去和今天融为一体的、深含着遥远而亲近的意境形象。这些诗篇追求生活的深邃和意境，“有心的地方就有风景，有情的地方就有感动”，化景物为情思，体现了诗人努力构建属于自己的“诗骨”的美学抱负和诗学追求。

美丽的云南是诗歌的故乡，浪漫率性的纳西族是诗歌的民族。家胜先生的诗歌创作，兼彩云之南天地日月之气，讲述民族文化古老的血缘与传统，体味自然、吟唱生命，自有一番怀抱和天地。诚如他自己在《云南》一诗中所说：

白云的故乡
每一朵白云
都是歌手
歌声
绽放着
绿色的
山水

白云的故乡
每一朵白云

都是舞者
舞步
炫动着
迷人的
温情

真是诗如其人，人如其诗。所以，家胜先生其人其诗，就是彩云的故乡那一朵朵飘来飘去的白云。他是美丽云南的歌手和舞者，歌声和舞步中，炫动着温情，绽放着山水。当然，故乡的风雨云霞中也生长着诗人，流动着诗意和诗歌。

（该文原载于《云南日报》2014 年 12 月 6 日）

情系自然与精神返乡

——略说和家胜先生的新诗集《回到故乡，大地一片金黄》

陆 猛

纳西族诗人和家胜先生的诗，朴素、真挚，在中国诗坛诗风独异，自成一家。他的新诗集《回到故乡，大地一片金黄》欣然面世，若惠风抚水，明漪绝底，香渡枫林，芒映燕台。诗人从乡情、情爱、人生与自然四个区域一展低男中音部的磁性歌喉，在语词、音律与意象的法式营造中，生发出一篇篇若万斛泉涌且匠心独运的诗作。

一、回到故乡，大地一片金黄

海德格尔说过："诗人的天职是怀乡。"怀乡、诗歌与诗人有一种更为天然更为密切的关系，怀乡是诗歌中永恒的母题之一。从《诗经》中的《黍离》《黄鸟》等篇到海子的《黑翅膀》《麦地》等章，从荷马《奥德修纪》中历经千难万险的漫长旅程到艾略特《荒原》中"风儿吹得清爽，吹向我的故乡"式的多声部裂缝之处，从征战思乡、游子忆乡、漂泊归乡到精神返乡，从现实到梦幻，从实写到象征，从建构到解构，古今中外的伟大诗人以各自独特的方式营造了牵肠挂肚、愁肠百转、残温余馨或意阑如梦般的乡思乡愁、乡野乡情、乡律乡韵与乡醉乡呓至境。

诗人和家胜的新诗集中，思乡、归乡、恋乡以及在灵魂的乡土中穿行引发的乡情诗意占了较大比重，但比起传统怀乡诗歌中惯有的愁思弥天，和家胜的怀乡诗作则多了一份欣悦、怡享与炽盛。

其《回到故乡，大地一片金黄》（诗集书名）一诗可谓“重章叠咏、一唱三叹”：回到故乡 / 又能……/ 又能……/ 又能……/ 又能……/ 回到故乡，大地一片金黄。此种“重章叠咏，一唱三叹”之样式源自古老的《诗经》，华夏先民们用此种样式唱出汉语原初的淳朴歌谣，《回到故乡，大地一片金黄》自然沿袭了这一古老传统。全诗共三节，节首句“回到故乡”与节末句“回到故乡，大地一片金黄”作三次完全重复。每一节的主体部分由四个“又能”起首组成的排比句阵，雄浑磅礴，气度恢宏。首节颂自然，次节歌乡宜，末节咏亲情，既有实写铺陈之势，又有意笔跌进之美。经视觉、嗅觉、味觉、听觉与触觉的全方位挪移转换，纳西人的故乡在诗人的笔下便有了迷天着地之魅，这首诗可以看作是低男中音部的诗人不经意发出的高亢之音，亦是诗人被赞誉为新“小川体”的最佳诗例。

值得一提的是，诗人和家胜的“回到故乡，大地一片金黄”之诗句，与诗人海子的“面朝大海，春暖花开”之诗句，有异曲同工之妙，同为惊世美语，既温暖又明亮，真希望它们都能不断被世人传诵开去。

纳西人是故乡土地上的精灵，虽然在中国版图上是绝对的“少数”民族之一，但20多万名有德性的云南纳西人同样可以做出“丰功伟绩”而感天动地。在诗人看来，20多万的纳西人是“工人”“农民”“干部”“科学家”与“解放军”，还是“音乐家”“舞蹈家”“画家”“作家”“诗人”与“足球运动员”。《纳西人》这首诗恣意运用更为铺陈的排比，挚情讴歌了自己民族的灵性以及多艺多才。

当然，诗人和家胜的怀乡与恋乡情结并非局限在现实层面的纳西人土地，整个彩云之南都是诗人的精神家园。诗人的《西双版纳三章》将傣家人及其家园描绘得美轮美奂，同时还有哲学意蕴。诗人首先说西双版纳的“绿”，是世界上最美最美的绿，“它遮天蔽日 / 密不透风 / 很毒很毒 / 吸一口 / 可让你几辈子 / 都苏醒不过来”“它风姿绰约 / 百媚千生 / 很坏很坏 / 看一眼 / 能让你几辈子 / 都魂不守舍”（《西双版纳三章之一 · 西双版纳的绿》），显然诗人与西双版纳的“绿”正处于热恋的状态中，才能写下如此香艳撩人的诗句，尽管版纳的“绿”很“密”、很“毒”、很“媚”、很“坏”，诗人却宁愿永远不再苏醒，永远魂不守舍，大有“版纳‘绿’下死，做鬼也风流”之豪情与蜜意。诗人接着说西双版纳的“味”，这是被花香偷袭的味道，“每一片天空 / 每一块土地 / 每一颗心灵 / 这是一种幸福的被偷袭 / 没有人会拒绝”（《西双版纳三章之二 · 西双版纳的味道》）。幸福取决于人对神的虔敬而做出的正确选择，家园与自然就是傣家人的神，花是神的使者，傣家人的每一片天空、每一块土地与每一颗心灵都被这幸福的偷袭所包围。诗人最后说西双版纳的“水”。“西双版纳的哲学是水”，因为“在西双版纳 / 与神沟通需要水 / 与人沟通需要水 / 与爱沟通需要水 / 与天地万物沟通需要水”（《西双版纳三章之三·西双版纳的哲学》）。正是傣家人的这汪水，泼出了西双版纳的郁郁葱葱、婀娜多姿，泼出了西双版纳的富饶与祥和，因而在诗人看来，“在西双版纳 / 每个爱美的人都是水的哲学家 / 欢乐和幸福 / 是他们哲学的 / 永恒命题”。从《西双版纳三章》可以看出，诗人以关键词梳理的方式，紧扣“绿”“味”与“水”三字，精准展现了傣家人的生活哲学、家园意识与自然神性。在笔者看来，这首诗应该被收录到中学语文课本中去，与小学语文课本中的《美丽的西双版纳》一道让每一个外省人梦魂牵萦。

诗人歌颂彝人，说“彝家的火塘 / 燃烧着世界上最原生态的 / 淳朴、厚道与善良”（《彝族人家》）；诗人赞颂彝族舞蹈，它能使“一座座白雪皑皑的 / 孤寂 / 便被融化成 / 一池春天”（《彝族左脚舞》）。诗人咏颂昆明人，他们可以“每天 / 背一筐春天 / 回家”“随时 / 可随心所欲地 / 将惬意 / 饱餐一顿”（《昆明人》）。诗人欣颂昆明的红嘴鸥，如同“一团团美丽的白色火焰”“撑起了昆明最美丽的蓝天”，是“春城上空最美丽的祥云”（《红嘴鸥，昆明人的老情人》）。诗人的恋乡情结最终凝结在这首充满深沉爱意的《我的爱穿梭在云南的崇山峻岭间》一诗中，“这里的山坡上到处生长着诗歌 / 这里的河流里

到处流淌着歌声 / 这里处处都是《清明上河图》”，诗人的爱只有扎根于云南这片热土才会生发坚实与厚重，正是有了这份爱的支撑，肉身才可能诗意栖居于大地，也才构成诗人和家胜诸多怀乡或恋乡诗的全部价值。

二、 一盏台灯点亮了一个真情世界

在情爱部分，诗人以一首《向餐桌上那盏永不熄灭的台灯致敬》为开篇。“在我家客厅窗子对面 / 楼幢的屋子里 / 餐桌上 / 从入夜到天明 / 永远亮着一盏台灯 / 永远摆着一双碗筷 / 永远摆着一个酒杯 / 永远放着一种温馨 / 永远放着一种真情”。台灯、碗筷与酒杯质朴地构成了一道肃穆的祭奠仪式，而那盏永不熄灭的台灯，是“老太太 / 为怀念过世的老先生 / 用真心真情点亮的 / 一盏台灯”，这盏台灯点亮了一个真情世界，情使爱以深，爱使情以真，这盏灯让诗人热泪盈眶、彻夜难眠、灵魂震颤与天天成长。诗人心灵与目光中的这盏灯无疑使情爱明晰，为人生导航，它“让时下一张张 / 写满现实和世故的脸 / 无地自容”，这盏灯象征的情爱超越了时空与阴阳两隔，诠释了生死相依与至死不渝。情拨开了流变，爱化作了永恒，因而这盏灯便是诗人情爱观的底色。

诗人重亲情。亲情在诗人看来，便是“一把伞 / 在你的 / 心情 / 刮风下雨时 / 可随时 / 为你绽放 / 一片 / 晴天”（《亲情》）。亲情是这把伞撑起来的晴天，能为你遮挡心灵的风雨，看似平常却永远无法丢弃。父爱如山，如山般厚重，如山般伟岸。既是一口深井，而使“儿女 / 那一只 / 浅浅的 / 桶 / 怎么量 / 也量不出 / 它的 / 深度”（《父爱》）；亦是具体的呵护行为，“父爱只为防止 / 在隔壁房间里 / 熟睡的儿子 / 被蚊子叮咬”（《父爱》），看似具体的呵护行为，却也映照出父爱的深层意蕴，“父爱只为防止 / 自己责任的圣洁 / 被叮咬”。

诗人颂爱情。诗人在《爱》一诗中写道：“年幼时 / 是树上的鸟 / 叫什么 / 谁也听不懂 / 年壮时 / 是河里的鱼 / 没有水 / 也疯狂的游 / 年老时 / 是脚上的鞋 / 少一只 / 都不行。”爱只有在时间或岁月的流逝中才得以显现真谛，只有在阅历与经验的积淀中才会被深刻领悟，这是在知天命之年的诗人的洞见，亦是洗尽关于爱的洞穴之见后的诸种铅华。当然，诗人也曾年轻过，“她笑起来 / 真是太美了 / 我不敢从正面看她 / 我只敢从侧面看她 / 我怕我从正面看她时 / 被她多情的目光溶化 / 我怕我从正面看她时 / 被她发现后 / 她的美 / 便悄悄躲藏起来”（《我不敢从正面看她》）。这是一首充满青春气息的诗，清澈明净，感人至深。可以看出，诗人是美的欣赏者，也是美和爱的守护者。其诗所示之爱，可以窥视，却绝不占有。诗人之爱，让人泪目。

三、我这一辈子最钟情的时刻

已在知天命之年的诗人自然会有诸多关于人生的思考与我们一起分享，先来看诗人的“钟情时刻”：“我这一

辈子 / 最钟情的 / 时刻 / 是在读大学时 / 随老师和同学一起 / 到泸沽湖边去 / 进行民间文学采风”（《我这一辈子最钟情的时刻》）。因为年轻时代的大学时光，可以心无旁骛地“一个人捧着泰戈尔的 / 诗集《飞鸟集》/ 在进行忘情的朗诵”。与自然对话，“我这是在阅读晨曦 / 阅读清风 / 阅读鸟鸣 / 阅读熙日”。诗人这一辈子最钟情的时刻便是“去由衷地享受 / 泰戈尔美丽诗句 / 一起发呆的时光”。晨曦、泸沽湖与《飞鸟集》一道构成了诗人最钟情的时刻，淡泊清透，清新亮丽，与美好的事物一起发呆。

再来看诗人的“等待时刻”：等待虽然是一个漫长的时间刻度，但等待在诗人的笔下是最美的过程。诗人以美之慧吟诵自然物事的等待。“阳光 / 是黑夜对黎明 / 最美丽的等待 / 彩虹 / 是风雨对蓝天 / 最美丽的等待 / 嫩芽 / 是酷雪对春天 / 最美丽的等待 / 绿荫 / 是幼苗对森林 / 最美丽的等待”（《最美丽的等待》）。等待的结果很美，等待的过程最美。诗人以智之慧嘉颂情爱思念的等待：“心跳 / 是青春对爱情 / 最美丽的等待 / 思念 / 是离别对相聚 / 最美丽的等待”。情之挚、思之切，在美丽的等待中烂漫如花。诗人以乐之慧敬颂人生岁月中的等待：“欣然 / 是汗水对奋斗 / 最美丽的等待 / 乐观 / 是衰老对年轻 / 最美丽的等待 / 宁静 / 是浮躁对真我 / 最美丽的等待”。欣然、乐观、宁静作为最美的过程，才能回归人生的本真。

接着来看诗人的“绝望时刻”：诗人说“夜晚是积极的 / 把用凉的蛙声拾起来 / 把用钝的星光拾起来 / 把用碎的露珠拾起来 / 把用旧的鸟鸣拾起来 / 把用醒的梦拾起来”（《在绝望中寻找希望》）。诗人还说“失恋是美丽的 /

把用浑的泪水拾起来 / 把用老的心跳拾起来 / 把用薄的思念拾起来 / 把用瘦的甜蜜拾起来 / 把用没的冲动拾起来”。人生并不总是一帆风顺，人生会有许多挫折甚至面临绝望时刻。关键是要在绝望中寻找希望，明知不幸还要活下去，而且要活得更好。

最后来看诗人的“归隐时刻”：“关掉欲望 / 关掉想象 / 只留下随性 / 这个词 / 晾晒 / 远山的清脆 / 袅袅的炊烟 / 田野的蛙鸣 / 和风的 / 含情脉脉”（《归隐半小时》）。现代社会忙碌的节奏，让人像钟的发条永不停歇。忙曰心死，碌乃石化。让心归隐片刻，让心晾晒一会，感受自然，诗人的休憩也是对现代人生活方式的提醒与告诫。

诗人关于人生的思考，通过诗歌告诉我们：怀想“钟情时刻”；乐度“等待时刻”；逾越“绝望时刻”；怡享“归隐时刻”。过好每一个时刻，便有了智慧与从容，人生才会生如夏花之绚烂，死如秋叶之静美。亦如诗人所说：“要像风儿一样 / 淡定 / 要像云儿一样 / 自由 / 要像花儿一样 / 怒放 / 要像叶儿一样 / 安详”（《人生》）。

四、 面对那条让我流泪不止的大江

自然是神对我们的恩赐，是我们赖以生存的家园。在自然面前，所有的言语都将失重，所有的情感都会失眠。诗人在《面对那条让我流泪不止的大江》一诗中运用了近乎汪洋的排比句阵：“它的宽广 / 它的汹涌 / 它的清澈 / 它的潇洒 / 它的蜿蜒”，接下来如逆流而上，“它的恢宏

大气 / 它的水天一色 / 它的不避暗礁险滩 / 它的日夜兼程 / 它的百折不挠 / 它的目标始终如一 / 它的雄浑有力 / 它的勇往直前 / 它在暮霭中的冲动 / 与帅气”，让诗人的情感亦如这流淌的江水喷薄而溢，“让我震撼 / 让我激动 / 让我晕眩 / 让我恐惧 / 让我渺小 / 让我语塞 / 让我泪流不止 / 让我力量无穷 / 让我恍如隔世 / 让我如坠梦中。”面对这条让诗人流泪不止的大江，诗人“看见它 / 就像看见了天堂 / 就像看见了上帝 / 就像看见了母亲 / 就像看见了我的 / 前世今生和来世。”自然是神的恩赐，也是神本身，感谢神恩，而我们人亦是它的一个有机组成部分。

与大江激起的汹涌澎湃不同，村韵给予的是鲜活、坚实与微醺。《村韵》这首诗在诗人的所有诗歌中，形式最为特别：

鸡鸣　　鸟叫　　狗吠　　牛哞
炊烟　　树影　　静谧　　青草味
劈柴　　饮马　　涛声　　牧歌
野花　　稻香　　皓月　　蛙鸣
山歌　　方言　　村姑　　打情骂俏声
以及遍地生长的乡亲们的
和善目光和亲切笑容
这些都是乡村收割不完的庄稼
和采摘不完的美丽
也是我一辈子开不败的
细微幸福和温暖
每当我心中一荡漾起
这些醉人的村韵

我就会感到
获得特别鲜活和坚实

前五行分别由四个简单词语置构成意象，画面感十足，音律感流溢，是语言、听觉和视觉的成功组合。可以看出，诗人妙笔丹青，构图精心，半工半写，一幅《村韵》图跃然纸上；亦可以听到，诗人抚琴弄弦，小桥流水，蛙鸣炊烟，一曲《村韵》乐沁人心脾。如果说《大江》一诗乃审美上的崇高，《村韵》一诗便是鉴赏中的和谐，是美尚。诗人情系自然，心驻大爱，自然是诗人永恒的精神教父，是缪斯姐姐的另一半。

五、与阳光淫荡地纠缠一个下午

诗人和家胜还有善于拨弄调侃与嘲讽的冷幽默一面。

诗人在《现代诗》中写道："一行 / 诗 / 可同时 / 睡 / 几个 / 枕头。"明白如话的六行十一字，却产生了更为丰富的多义阐释空间，亦正亦讽。从反讽的路数去领会则更为靠谱，既面无表情地调侃了现代诗创作，亦不动声色地嘲弄了现代诗歌理论与批评。

《乒乓球》一诗："没有爱的 / 吻 / 谁都不想要。"将桌上网球的厮杀运动及其流俗隐喻重构为没有爱意的吻，滚来滚去的乒乓球都被不客气地甩给对方，轻轻调侃一下，让人会心一笑。《思想》一诗："长肥了 / 都难逃被宰的 / 命运。"短短三行十一字，在调侃中准确揭示了思想的喷薄与思想者的成熟都难逃被宰的悲剧性命运，如西谚曰：成熟之际意味着死亡之期将近。

《硕士生找博导》：“像谈恋爱一样 / 必须暧昧够了 / 才行 / 如果火候不到 / 提前捅破了 / 那层纸 / 那你泡导师的 / 好事 / 便黄了。”这是诗人对当今高等学府中并不鲜见的出自功利目的与肉欲冲动的师生奸情前兆的反讽，衣俊卿与常艳们主演的狗血剧既败坏了意识形态的权威，也玷污了教育特别是高等教育的神圣光圈。

最为惊艳的还是《冬日某星期天》这一首：“打一场 / 篮球 / 翻几页 / 明清艳情禁书 / 写一首 / 小歪诗 / 陪父母 / 吃一顿饭 / 想念一会儿 / 儿子 / 对着铁路远方的尽头 / 发一阵子呆 / 被老婆 / 臭骂上几句 / 与阳光 / 淫荡地纠缠一个下午。”亲情、艳情、无奈、无聊与自得其乐在自嘲的语境中荒诞并置。“与阳光淫荡地纠缠”写活了诗人作为普通人时候的日常境遇，会让人挂着泪地笑，比朦胧诗人北岛的早期诗作《日子》更为贴近地气。

当然，上述几首诗只不过是诗人作品大餐中的几粒面包屑而已，但可以使诗人的面相与气息更为多元丰富。诗人偶尔在走调侃与嘲讽路线时还是牢牢把握着度，与写出诸如“只一泡尿功夫 / 黄河已经远去”的后现代诗人伊沙以及“我 / 坚决不能容忍 / 那些 / 在公共场所的 / 卫生间 / 大便后 / 不冲刷 / 便池 / 的人”的国家一级作家、梨花体教主赵丽华等迥然相异，与弥漫时下的网络口水诗歌、下半身诗歌或微信体保持着警醒的距离。

六、我每天仍在诗歌里裸睡

当今仍在坚持白话新诗创作的诗人大致可以归结为以下几类：一是拥抱意识形态的主旋律诗人；二是强调独立批判性立场的知识分子诗人；三是主张日常化和口语写作的民间诗人；四是怂恿肉体化和媚俗到底的下半身诗人；五是毫无禁忌与规范的网络狂欢诗人；六是坚守寂寞、灵魂孤独且做着诗歌梦的边缘诗人。诗人和家胜的现实岗位性质本可以使其便捷成为第一类，才思与文笔可以使其成长为第二类与第三类，品性与教养绝不会使其成为第四类与第五类，但其最终成为值得尊敬的第六类诗人。其《我与诗歌》一诗："诗歌 / 虽然已进入 / 寒冷的 / 冬季 / 但我与她 / 正处于蜜月期 / 我每天 / 仍在诗歌里 / 裸睡"，正是第六类诗人状态的生动勾勒。在诗歌的王国中裸睡，因为寒冷的强烈对比，在或睡或醒之间，在梦或无梦之际，更会体悟到诗的舒适与温暖，从而在诗与诗人之中融为一种梦魂牵绕、生死相依的关系。

一言以蔽之，诗人和家胜不作史诗般的鸿篇巨制，也不与中外诗歌进程中的潮起潮落纠缠不清，更不理会喧嚣的诗歌江湖与理论闹市，只是独自一人漫步在广袤的滇国大地上，以一己审美之心抚弄寻常物事的玄妙与独异，领略彩云之南的春来秋往与枝绿花红，体悟人生的雪爪鸿泥与情爱的脉脉余温。正如诗人所言："诗人是美丽和惊奇的创造者，是灵魂的孤独者。"在这个心灵退隐肉欲乱世的年代，诗人和家胜的创作充分展现了诗歌永恒的功用——“让人的心灵不死，让人的浪漫情怀永存”。诗歌作品中肆意流淌的质朴和真诚将与每一位读者的心灵产生润物无声般的交汇融合，也让读者永远记住了这位仍在诗梦中裸睡的诗人，刻下了这位“永远穿着开裆裤行走江湖”的诗人的姓名。

（该文收录于和家胜诗集《回到故乡，大地一片金黄》）